La Germanie

Texte latin avec introduction, notes et lexique des noms propres

Cornelius Tacitus

(Editor: H. Petitmangin)

Alpha Editions

This edition published in 2024

ISBN : 9789362990037

Design and Setting By
Alpha Editions
www.alphaedis.com
Email - info@alphaedis.com

As per information held with us this book is in Public Domain.
This book is a reproduction of an important historical work. Alpha Editions uses the best technology to reproduce historical work in the same manner it was first published to preserve its original nature. Any marks or number seen are left intentionally to preserve its true form.

Contents

INTRODUCTION .... - 1 -
   I. — LA VIE ET LES OUVRAGES DE TACITE. .... - 1 -
   II. — LA GERMANIE. .... - 2 -
   III. — SOMMAIRE DE *LA GERMANIE*. .... - 8 -
DE GERMANIA LIBER .... - 10 -
LEXIQUE DES NOMS PROPRES .... - 72 -

INTRODUCTION

I. — LA VIE ET LES OUVRAGES DE TACITE.

Nous avons bien peu de détails certains sur la vie de Tacite. Son prénom était-il *Publius* comme le témoigne un manuscrit des *Annales* ou *Caius* comme l'écrit Sidoine Apollinaire? Appartenait-il à la *gens Cornelia*? Son père était-il ce chevalier romain, procurateur de la Gaule Belgique, nommé dans une inscription et dont parle Pline l'Ancien? Autant de questions toujours renouvelées, jamais épuisées, auxquelles on ne pourra fournir aucune réponse certaine tant que de nouvelles découvertes n'apporteront pas des preuves indiscutables[1]. On admet cependant que Tacite est né en 54 ap. J.-C. ou 55 au plus tard. Mais on retombe dans l'incertitude, dès qu'on veut déterminer le lieu de sa naissance. Les habitants de Terni, l'ancienne Interamna, à peu de distance de Florence, le réclament pour compatriote; mais ce n'est pas fournir des arguments que de dresser des statues et l'on sait trop bien que cette tradition remonte à l'empereur Tacite (275–276 ap. J.-C.) qui naquit à Interamna et se fit passer pour le descendant de l'illustre historien. Cette parenté, même démontrée, ne pourrait être un argument incontestable en faveur des habitants de Terni, et il faut renoncer à disserter sur cette heureuse coïncidence qui aurait rapproché les berceaux de Tacite, de Michel-Ange et de Machiavel.

[1] La récente découverte d'une inscription paraît avoir levé tous les doutes en faveur du prénom de *Publius*.

Que l'éducation de Tacite se soit faite à Rome, au milieu des vices raffinés qui minaient la société, ou dans quelque province où les antiques traditions, mieux conservées, trempaient plus fortement les âmes, il est probable qu'en aucun cas il ne se laissa entamer par la corruption de son siècle. Il s'adonna d'abord à l'éloquence, qui, malgré l'établissement de l'Empire et la suppression des grands débats politiques, restait la base et presque l'unique objet des études pour les jeunes romains de bonne famille. La philosophie semble l'avoir moins attiré. Pline le Jeune, qui fut très lié avec lui, nous atteste ses succès oratoires et caractérise son éloquence d'un mot qui résume tout un côté du génie de Tacite: «*Respondit Cornelius Tacitus eloquentissime et, quod eximium orationi ejus inest*, σεμνῶς.» Nous connaissons d'ailleurs les idées de Tacite sur l'art oratoire par son premier ouvrage, le *Dialogue des orateurs*, dont l'authenticité a été contestée, mais à tort, semble-t-il. Ses préférences vont à Cicéron, qu'il se propose d'imiter, mais le style de ce dialogue, quoique différent, à la vérité, de la vraie manière de Tacite telle que nous la révèlent les *Annales* et les *Histoires*, nous fait sentir déjà que le temps des larges et symétriques périodes est passé.

Cependant Tacite ne se confinait pas dans les déclamations d'école et les débats judiciaires. Successivement questeur sous Vespasien, édile ou tribun du peuple sous Titus, préteur sous Domitien, il parvint au consulat sous le règne de Nerva en 97. Il eut alors à prononcer l'éloge de Verginius Rufus, mort simple citoyen après avoir refusé l'empire. Ce fut probablement dans l'année qui suivit son consulat qu'il écrivit l'*Agricola*. Il retraçait, en phrases émues, éloquentes, et semées de mots profonds, la vie de son beau-père, qu'il représentait comme le type du fonctionnaire intègre et digne sous un gouvernement corrompu. Vers le même temps, entre 98 et 100, il publiait *la Germanie*.

Ces courts écrits, dans lesquels on sent le style si original de Tacite tendre de plus en plus à la brièveté et à la profondeur tout en s'animant d'une couleur poétique assez prononcée, conduisent insensiblement aux grands ouvrages de l'écrivain: les *Annales* et les *Histoires*. On ne saurait assez regretter que le temps ait creusé dans ces deux chefs-d'œuvre d'irréparables lacunes. Les *Histoires* publiées entre 104 et 109 contenaient les règnes de Galba, Othon, Vitellius, Vespasien, Titus et Domitien, c'est-à-dire les faits contemporains de Tacite. Les *Annales*, qui durent paraître vers l'an 116, renfermaient la période de l'histoire romaine comprise entre la mort de l'empereur Auguste et le règne de Galba par lequel commencent les *Histoires*.

À partir de l'an 100, époque à laquelle il soutint, de concert avec son ami Pline le Jeune, le procès des Africains contre Marius Priscus, Tacite semble s'être retiré des affaires publiques pour s'adonner tout entier à la composition de ses grands ouvrages. Il vivait vraisemblablement encore à l'avènement d'Hadrien (117) et mourut probablement entre 117 et 120.

II. — LA GERMANIE.

L'érudition allemande, qui s'est beaucoup occupée du court écrit de Tacite sur la Germanie, a soulevé une foule de questions sur le but, les sources, la date et le titre même de cet ouvrage. On a supposé que le titre authentique s'était perdu, avec une préface où Tacite rendait peut-être compte de l'idée qui avait inspiré son livre. Les différents titres que l'on propose sont fort incertains. On a à choisir entre: *De origine et situ Germanorum* (ou *Germaniæ*), *De situ Germaniæ*, *De situ ac populis Germaniæ*, *De origine, situ, moribus ac populis Germanorum*. Comme il n'y a presque pas de motif de préférence entre ces divers titres, on peut se contenter, comme Halm, d'écrire en tête du livre de Tacite: *C. Taciti de Germania liber*. On ne peut, en effet, sur ce point, accorder grande confiance aux manuscrits; ceux qui existent actuellement et dont les principaux sont le *Vaticanus* 1862 et 1518, le *Leidensis*, le *Neapolitanus*, ont été copiés par des humanistes de la Renaissance et reproduisent un manuscrit unique apporté d'Allemagne en Italie et aujourd'hui perdu.

La date de la composition de *la Germanie* est assez facile à déterminer. Tacite nous dit (§ 37) que, depuis la première invasion des Cimbres (an de Rome 641) jusqu'au second consulat de Trajan (851), il s'est écoulé 210 ans. On peut en conclure que si Tacite prend le second consulat de Trajan pour point de départ de son calcul, c'est parce que cet ouvrage fut composé à cette époque même ou du moins avant le troisième consulat, un peu avant ou un peu après l'arrivée de Trajan à Rome.

On s'est souvent demandé quel but s'est proposé Tacite en écrivant *la Germanie*. Comme on peut s'y attendre, toutes les solutions possibles ont été proposées. On a été jusqu'à soutenir que *la Germanie* était une sorte de dialogue, dans lequel Tacite avait voulu réunir les opinions des écrivains antérieurs sur la Germanie, en interrompant sans cesse cette relation pour compléter, confirmer et, plus souvent, infirmer leur témoignage. Sa méthode la plus ordinaire de contredire ses adversaires serait l'ironie. Méthode bien dangereuse, en vérité, puisqu'on a si souvent pris pour la pensée de Tacite ce qui en était exactement le contraire[2]. Le tort de la plupart des commentateurs qui ont voulu trancher nettement la question, a été, semble-t-il, de se montrer trop exclusifs et de ne pas assez distinguer, autour du but principal, quel qu'il soit d'ailleurs, l'existence incontestable d'intentions secondaires. Il est évident, par exemple, qu'on aurait tort de ne voir dans *la Germanie* qu'une sorte de roman où serait dépeint un certain idéal de bonheur, de vie simple et vertueuse. Cet ouvrage serait ainsi une réplique de la fiction de l'âge d'or, la scène étant transportée dans le lointain de l'espace au lieu d'être reculée dans le temps. Le romanesque que l'on croit découvrir dans certains passages ne doit pas faire illusion. Tacite, il est vrai, fait une description fantastique du culte mystérieux de la déesse *Nerthus* et nous montre une armée entière couverte de boucliers noirs; cela vient de ce que, trop grave pour inventer des fables, il est aussi trop consciencieux pour omettre les informations qu'il a recueillies. Dans le second livre des *Histoires* nous trouvons sa profession de foi: «Je crois, dit-il, qu'il est contraire à la gravité de l'histoire de vouloir intéresser les lecteurs avec des fictions et des fables, mais je ne voudrais pas non plus enlever toute créance à des traditions généralement reçues.» D'ailleurs, comment expliquer, dans cette hypothèse, la présence de tant de détails géographiques? Pourquoi tant de précision dans la notation du caractère spécial de chaque peuplade? Et si Tacite a voulu vanter la vie simple et frugale, pourquoi insiste-t-il sur l'ivrognerie et l'entêtement de ces robustes Germains? Cependant on ne saurait nier que Tacite ait souvent embelli la vie de ces peuplades à demi sauvages et fait de leur ignorance des vertus réfléchies de philosophe.

---

[2] Voici, par exemple, comment M. Holub entend le ch. XVII: Tacite rapporte l'opinion d'un de ses prédécesseurs: *Tegumen omnibus sagum fibula aut, si desit, spina consertum.* — Et Tacite reprend aussitôt

> ironiquement: *Ceterum intecti: totos dies juxta focum atque ignem agunt!* C'est-à-dire: «Eh quoi! pas d'autre vêtement? Mais alors le climat les obligerait à rester des journées entières près du feu! Ne faut-il pas qu'ils aillent à la chasse, aux assemblées, à la guerre? Ce simple manteau peut-il suffire?» On devine ce qu'une semblable interprétation peut réserver de surprises à qui voudra s'y livrer.

La rhétorique, dont on sent parfois l'influence sur la composition de l'ouvrage, n'a pas peu contribué à lui donner ce faux air de roman utopique; mais plus sensible encore est l'influence des préoccupations du moment et ce n'est pas sans quelque apparence de raison qu'on a soutenu que Tacite avait voulu avant tout faire la satire des mœurs de son temps. On sait que Tacite n'est pas l'historien selon l'idée de Fénelon. Il est bien de son temps et de son pays, et dans le cœur de ce penseur profond bouillonne un ardent patriotisme. Tacite a étudié les vices de son siècle; il y a reconnu le signe d'une civilisation trop avancée qui court fatalement à la décadence. Pour lui, comme pour tous les Romains qui ont gardé l'amour et l'admiration du peuple roi, l'idéal est vers le passé; c'est le *mos majorum* qui a fait la grandeur de la République, c'est lui qui peut seul la sauver de la ruine. Aussi, sans être pour cela un révolutionnaire, il saisit avec empressement l'occasion qui lui est offerte d'opposer à la civilisation corrompue qui règne à Rome les rudes vertus des Barbares. À chaque instant la pensée de Tacite est reportée de l'objet de son étude vers l'état actuel de sa patrie. Si cette préoccupation l'a amené à forcer quelques traits, elle lui a fourni l'occasion de belles antithèses, dans lesquelles un peu d'affectation ne nuit pas à la profondeur de la pensée. Il serait exagéré cependant de considérer *la Germanie* comme une satire analogue aux ouvrages de nos philosophes du XVIIIe siècle qui prétendaient opposer aux vices et aux mensonges conventionnels de la société le bon sens et les vertus spontanées de la nature inculte. Tacite s'est contenté de rappeler aux Romains que, chez ces prétendus barbares, les lois du mariage étaient sévèrement gardées, la corruption ne prêtait pas à rire, les testaments et les abus qu'ils provoquent étaient inconnus, les enfants n'étaient point abandonnés à des mercenaires, la douceur envers les esclaves était habituelle. Avant Tacite, Horace avait déjà usé de ce procédé en opposant aux mœurs des Romains les vertus des Gètes et des Scythes (*Odes*, III, 24), et l'on a pu relever des tendances analogues chez Valérius Flaccus qui publia son ouvrage environ trente ans avant l'apparition de *la Germanie*.

La Germanie serait-elle donc plutôt une brochure politique analogue aux monographies qui paraissent aujourd'hui à propos des questions brûlantes de la politique extérieure? Les partisans de cette opinion avouent toutefois que *la Germanie* n'a pas été improvisée comme le sont la plupart des écrits de ce genre, mais composée d'après des notes dès longtemps recueillies. Cette intention politique est loin d'être aussi évidente qu'on l'a prétendu, puisque les défenseurs de cette opinion soutiennent, les uns, que Tacite a voulu détourner Trajan de faire la guerre à des gens si vertueux et si forts, les autres qu'il a simplement voulu soutenir sa politique. L'empereur en effet, appelé au trône pendant qu'il se trouvait en Germanie, y resta longtemps pour consolider la frontière. On désirait le revoir à Rome; de là, chez Tacite, le désir d'expliquer l'absence de Trajan en montrant la nécessité de tenir en respect les Barbares. Si telle était l'idée de Tacite, non seulement elle devrait s'exprimer nettement dans quelque endroit de l'ouvrage, mais on devrait la deviner présente partout; or rien ne serait plus difficile à prouver. En effet, quiconque lira *la Germanie* sans idée préconçue aura l'impression d'un ouvrage scientifique. C'est l'avis de Mommsen: «Tout cet écrit, dit-il, fait l'effet d'être simplement géographique.»

On s'est appuyé sur cette constatation pour soutenir que *la Germanie* était un livre détaché des grands ouvrages. Il aurait survécu à la perte d'une partie considérable des *Annales* et des *Histoires*, parce qu'il aurait été de bonne heure remarqué et copié à part par des moines allemands du moyen âge. On a été jusqu'à lui fixer sa place dans les *Histoires* à l'endroit où Tacite devait parler de la grande coalition des Sarmates et des Suèves. Selon d'autres, *la Germanie* aurait été en effet, d'abord, destinée à prendre place dans les *Annales* ou les *Histoires*, mais elle en aurait été séparée par Tacite lui-même et publiée à part.

Cette opinion, quelque vraisemblable qu'elle puisse paraître, n'est pas concluante. Si l'on se rappelle que le *Dialogue des orateurs* est un ouvrage de rhétorique où les souvenirs d'école et le désir d'imiter les périodes cicéroniennes sont si apparents, que l'*Agricola* garde une parenté évidente avec les panégyriques depuis si longtemps à la mode, que *la Germanie* elle-même fourmille de pointes, de réticences calculées et d'effets de style, on est tenté de regarder cet ouvrage comme un essai, où Tacite a voulu former son style et se faire la main pour aborder les grands ouvrages qu'il méditait. Ceci n'est pas pour en diminuer la valeur: au contraire. Tacite a dû y apporter tous ses soins; il a dû à cette occasion consulter de nombreux ouvrages, non seulement pour assembler des matériaux, mais pour s'inspirer des meilleurs modèles. Nous le voyons commencer à la manière de César et terminer par une imitation de Salluste. Sans doute, le procédé est encore sensible dans *la Germanie*, mais, en somme, c'est l'œuvre soignée d'un homme déjà maître de son talent, qui, en exerçant sa sagacité d'historien et son originalité de styliste, se prépare à la composition de chefs-d'œuvre immortels.

On s'explique pourquoi *la Germanie* lui a paru le sujet le plus intéressant. La question germanique était à l'ordre du jour. Depuis que César avait franchi le Rhin, les Germains n'avaient pas cessé d'être mêlés aux affaires de Rome, comme ennemis ou comme alliés. À César même ils avaient fourni, dans sa guerre contre les Gaulois, d'excellents cavaliers. Ils avaient tenu en échec la puissance d'Auguste. Sous ses successeurs, ils avaient continué à inquiéter la frontière et on n'avait jamais pu les considérer comme définitivement soumis de la même façon que les Gaulois. Tacite avoue qu'ils avaient fourni aux généraux plutôt des occasions de triomphe que de véritables victoires. Tout le monde sentait vaguement, et Tacite sans doute mieux que personne, que le danger viendrait du Nord et que, si une invasion des Cimbres et des Teutons se renouvelait, on trouverait difficilement un nouveau Marius et des légions semblables aux vainqueurs de Verceil. Ajoutez à cela la curiosité qui porte les civilisations raffinées vers l'étude des populations encore voisines de la barbarie. Le succès de la littérature exotique de nos jours ne s'explique pas autrement. Or, à l'époque de Tacite, l'Orient, souvent décrit, était trop connu; la Germanie et les pays du Nord, du côté des mers mystérieuses et des nuits de plusieurs mois, devaient intéresser davantage. Ces récits sur des peuples lointains remplaçaient dans la curiosité des lecteurs les légendes mythologiques auxquelles on ne croyait plus. Le livre de Tacite répondait à ce besoin; il avait l'exactitude d'une sérieuse étude géographique et l'intérêt d'un roman. Tacite reconnaît dans ses *Annales* que les récits de ce genre sont les plus propres à piquer la curiosité du lecteur.

Au reste, quoi qu'il en soit du but de Tacite dans la composition de *la Germanie*, on s'accorde à reconnaître que ce livre renferme un grand nombre de faits exacts, intéressants, puisés aux meilleures sources. Ici une question se pose: Tacite parle-t-il de choses qu'il a vues lui-même? A-t-il visité la Germanie? On sait, par le témoignage de l'écrivain lui-même dans l'*Agricola*, qu'il fut absent de Rome à partir de 89 pendant quatre ou peut-être sept ans. Quel fut le motif de cette absence? On a prétendu que ce ne pouvait être l'exil ni une retraite volontaire, qu'il s'agissait donc d'une mission assez lointaine, peut-être du commandement d'une légion sur le Rhin. Malheureusement on ne peut fournir aucune preuve à l'appui de cette assertion. Il est vrai que Tacite, par la vivacité de son style, semble peindre des choses qu'il a vues lui-même, mais on ne peut rien conclure de cette observation puisqu'il parle de la même manière de certaines contrées qu'il n'a certainement jamais visitées.

Si Tacite n'est pas un témoin oculaire, on peut être du moins certain qu'il n'a négligé aucun moyen d'information. Il a naturellement consulté les écrivains qui s'étaient occupés avant lui de la Germanie. Beaucoup de ces ouvrages étant perdus pour nous, nous ne pouvons savoir au juste dans quelle mesure Tacite s'est inspiré de ses devanciers. Ses principales sources paraissent avoir été César, Mela, Pline et peut-être Salluste. Le rapprochement n'est possible qu'avec César dont nous possédons les œuvres. César avait souvent eu l'occasion, dans sa guerre des Gaules, de connaître les Germains, mais il s'était contenté de leur consacrer quelques chapitres de ses *Commentaires*. Tacite est donc plus explicite, mais il n'est jamais en contradiction avec celui qu'il appelle *summus auctorum*.

Bien qu'il soit impossible de déterminer exactement ce que Tacite a ajouté aux connaissances déjà consignées par les écrivains antérieurs, on ne peut douter qu'il ait contrôlé avec soin leurs affirmations et recueilli tous les renseignements oraux de nature à rendre son étude plus neuve, plus complète et plus intéressante. Or il était facile de recueillir sur la Germanie une foule de détails offrant toutes les garanties de certitude désirables. Si Tacite n'a pas été chargé personnellement de quelque mission sur les bords du Rhin, il a eu souvent l'occasion d'interroger les soldats qui avaient pris part aux guerres de Germanie. En outre, le commerce amenait des Germains à Rome, et les marchands italiens parcouraient des pays du nord où les aigles romaines ne s'étaient pas encore montrées. Il est probable que le commerce du succin attira des commerçants jusqu'en Suède. Si toutefois les indications géographiques de Tacite restent bien inférieures à ses descriptions ethnographiques, on ne peut s'en étonner; les anciens n'ont jamais pu arriver, en géographie, qu'à des connaissances approximatives, faute des instruments nécessaires à cette science. Au reste, peu nous importent aujourd'hui les erreurs de ce genre; ce sont les détails de mœurs qui offrent, pour les modernes, le plus haut intérêt. Les grandes invasions qui ont bouleversé la meilleure partie de l'Europe quelques siècles après l'ère chrétienne, ont établi dans les mœurs et dans les institutions des territoires envahis un grand nombre de coutumes d'abord propres aux peuplades de la Germanie. Montesquieu a dit: «Il est impossible d'entrer un peu avant dans notre droit politique si l'on ne connaît parfaitement les lois et les mœurs des peuples germains.» On peut voir, dans le premier livre de l'*Histoire de la littérature anglaise*, quel usage Taine a su faire de l'ouvrage de Tacite pour marquer les traits caractéristiques de la race anglo-saxonne.

Il est à regretter cependant que Tacite n'ait pas assez compris l'importance des langues pour le classement des peuples, que le peu de détails qu'il donne sur la religion des Germains soit gâté par l'habitude d'identifier les dieux de tous les peuples aux habitants de l'Olympe gréco-romain, mais on ne peut raisonnablement exiger de Tacite des méthodes et des connaissances qui furent complètement étrangères à son époque. Tel qu'il est, ce livre de *la Germanie* si court et si substantiel mérite l'éloge qu'en fait Montesquieu dans l'*Esprit des lois*: «Tacite a fait un ouvrage exprès sur les mœurs des Germains; il est court, mais c'est l'ouvrage de Tacite qui abrégeait tout parce qu'il voyait tout.»

III. — SOMMAIRE DE *LA GERMANIE*.

La Germanie a été composée avec beaucoup de soin; la facilité avec laquelle Tacite passe d'un sujet à l'autre en suivant l'enchaînement naturel des idées, masque habilement un plan très bien agencé. Le livre se divise naturellement en deux parties: une partie générale consacrée aux renseignements géographiques, aux mœurs et institutions communes à tous les Germains, et une partie spéciale dans laquelle sont décrites à part toutes les peuplades de la Germanie, chacune avec les traits qui la distinguent des tribus voisines.

I. Partie generale.

A. *Le sol et les habitants*.

1. Position et géographie physique de la Germanie. 2. Origine des anciens peuples de la Germanie et légendes qui s'y rapportent. 3. Suite des traditions antiques, le Bardit. 4. Pureté de la race; le physique des Germains. 5. Productions du sol; mépris de l'or et de l'argent.

B. *Institutions publiques*.

6. Armement des Germains. Cavalerie et infanterie. Punition des lâches. 7. Autorité des rois et des chefs. Rôle des prêtres. Courage des femmes germaines. 8. Vénération pour les femmes. Veleda. Albruna. 9. Religion des Germains. Leurs divinités. 10. Différentes manières de tirer des augures. 11. Assemblées publiques. Délibérations. 12. La justice rendue dans les assemblées. Tribunaux organisés pour les cantons. 13. Émancipation du jeune homme, organisation militaire. 14. Obligations des chefs de guerre et de leurs compagnons. 15. Manière de vivre pendant la paix. Cadeaux faits aux chefs.

C. *Vie privée*.

16. Les habitations. 17. Les vêtements. 18. Respect du mariage. Les présents, symboles des devoirs des époux. 19. Châtiment de l'inconduite. Pureté des mœurs. 20. Éducation des enfants. Parentés. Successions. 21. Haines héréditaires. Compensation de l'homicide. Hospitalité. 22. Défauts des Germains. Ivresse. Brutalité. Affaires traitées pendant et après les festins. 23. Boisson fermentée. Nourriture simple et frugale. 24. Amusements. Danse des armes. Passion du jeu. 25. Rôle et condition des esclaves et des affranchis. 26. Ignorance de l'usure. Partage des terres. 27. Funérailles.

II. Partie speciale.

28. Les Gaulois qui se sont établis en Germanie: Helvètes, Boïens, Aravisques, Oses. Germains établis sur la rive gauche du Rhin: Trévires, Nerviens, Vangions, Triboques, Ubiens. 29. Bataves. Mattiaques. Champs décumates. 30. Les Chattes, peuple guerrier et discipliné. 31. Coutumes

guerrières, aspect effrayant des Chattes. 32. Les Usipiens; les Tenctères, excellents cavaliers. 33. Les Bructères; ils sont chassés par les Chamaves et les Angrivariens. Pressentiments de Tacite. 34. Les Dulgubniens, les Chasuares, les Frisons. 35. Les Chauques, le plus noble peuple de Germanie. 36. Les Chérusques, vaincus par les Chattes. Leur défaite entraîne celle des Foses. 37. Les Cimbres; rapide esquisse des guerres de Germanie. 38. Les Suèves: usages spéciaux. 39. Les Semnons; leur bois sacré. 40. Les Langobards, les Reudignes, etc. Culte de la déesse Nerthus. 41. Les Hermondures. Relations commerciales avec les Romains. 42. Les Naristes, les Marcomans, les Quades. 43. Les Marsignes, les Cotins, les Oses, les Bures. La Suévie traversée par une chaîne de montagne. Les Tugiens. Aspect terrifiant des Hariens. 44. Les Suiones, navigateurs. Gouvernement royal. Les Sitones gouvernés par une femme. 45. La mer dormante. Les Æstiens. Commerce du succin. 46. Les Peucins, les Venèdes, les Fennes. Légendes sur des peuples fabuleux.

CORNELII TACITI

DE GERMANIA
LIBER

---

1. Germania omnis[1] a Gallis Ræticisque et Pannoniis[2] Rheno et Danuvio fluminibus, a Sarmatis Dacisque mutuo metu aut montibus[3] separatur: cetera Oceanus[4] ambit, latos sinus et insularum immensa[5] spatia complectens, nuper cognitis[6] quibusdam gentibus ac regibus, quos bellum aperuit. Rhenus, Ræticarum Alpium inaccesso ac præcipiti vertice[7] ortus, modico flexu[8] in occidentem versus septentrionali Oceano miscetur. Danuvius, molli et clementer edito[9] montis Abnobæ jugo effusus, plures populos adit, donec[10] in Ponticum mare sex meatibus[11] erumpat: septimum[12] os paludibus hauritur.

[1] **Germania omnis**, la Germanie prise dans son ensemble. Il s'agit de la grande Germanie, par opposition aux deux provinces romaines de Germanie, situées sur la rive gauche du Rhin. Ce début paraît imité de César, *B. G.*, I, 1.

[2] **A Gallis Ræticisque et Pannoniis**. Le changement de particule indique que ces trois termes sont répartis en deux groupes, d'un côté *Gallis*, de l'autre *Rætis et Pannoniis*, correspondant l'un à *Rheno*, l'autre à *Danuvio*. Cf. Ragon, *Gr. lat.*, § 534.

[3] **Mutuo metu aut montibus**. Remarquez la vivacité de cette expression, produite par le rapprochement de deux idées de nature différente. Ces montagnes sont les Karpathes. Cf. 7, note 13.

[4] **Oceanus**. Sous cette dénomination il faut entendre la Mer du Nord et la Baltique. Ces *latos sinus* sont des presqu'îles, et non pas des golfes, le Jutland probablement. Cf. 29, *sinus imperii*, et la note. À travers l'incertitude de ces renseignements géographiques, certains commentateurs ont voulu voir l'intention de grandir, dans un but politique, l'importance de la Germanie.

[5] **Immensa**: ce mot a un sens plus faible qu'à l'époque classique. Tacite remploie communément dans le sens de *très grand*. Traduisez: de vastes étendues d'îles.

[6] **Nuper cognitis**. Cette proposition à l'ablatif absolu, où le participe a la valeur de l'aoriste et non pas du parfait, exprime avec beaucoup de concision la source des renseignements donnés dans le membre de phrase précédent. *Nuper* a une valeur relative, car les expéditions dont il s'agit ici ont eu lieu 10 ans avant J.-C.

[7] **Vertice**: l'Adula (en latin *Adulas*) ou Rheinwaldhorn qui se trouve à l'est du Saint-Gothard.

[8] **Modico flexu**. Il ne s'agit pas, comme on le croit quelquefois, d'un coude du fleuve ou d'un «léger détour», mais d'une direction générale. Le Rhin, au lieu de se diriger vers le Nord, s'incline légèrement vers l'Occident. — *Versus*. Bien qu'on trouve parfois *versus*, adverbe, joint à *in* par pléonasme, ce mot est plutôt ici un participe, malgré le manque de liaison entre *ortus* et *versus*.

[9] **Molli et clementer edito**. Ces deux expressions sont fort voisines de sens, mais la première se trouve déjà à l'époque classique, tandis que la seconde n'apparaît dans ce sens que plus tard. Les expressions presque synonymiques sont nombreuses dans les premiers ouvrages de Tacite, où la couleur oratoire est plus prononcée. — *Abnoba*. L'orthographe de ce mot a été longtemps incertaine, mais des inscriptions ont levé tous les doutes.

[10] **Donec... erumpat**. Ce subjonctif est contraire à l'usage classique. Tacite emploie ainsi le subjonctif présent avec *donec* sans distinguer s'il y a ou non une intention à exprimer. Cf. 31, *donec absolvat, donec faciat*; 35, *donec sinuetur*, et 20, note 5.

[11] **Meatus**, litt., «marche» (de *meare*), puis, «passage, voie, canal», enfin comme ici, «embouchure». Ce mot, à l'époque classique, est poétique.

[12] **Septimum**. Ovide dit du Danube (*Tristes*, II, 2, 189): *Septemplicis Histri*. Hister (Ἴστρος) est le nom grec, Danuvius le nom celtique latinisé.

2. Ipsos[1] Germanos indigenas crediderim[2] minimeque aliarum gentium adventibus[3] et hospitiis mixtos, quia nec terra olim, sed classibus advehebantur qui mutare sedes quærebant[4], et immensus ultra[5] utque sic dixerim adversus[6] Oceanus raris ab orbe nostro navibus aditur. Quis porro[7], præter periculum horridi et ignoti maris, Asia aut Africa aut Italia relicta, Germaniam peteret[8], informem terris, asperam cælo, tristem cultu aspectuque[9], nisi si patria sit? Celebrant carminibus antiquis, quod[10] unum apud illos memoriæ et annalium genus est, Tuistonem[11] deum terra editum et filium Mannum originem gentis conditoresque[12]. Manno tres filios assignant, e quorum nominibus proximi Oceano Ingævones, medii Herminones, ceteri Istævones vocentur[13]. Quidam[14], ut[15] in licentia vetustatis, plures deo ortos pluresque gentis appellationes, Marsos, Gambrivios, Suevos, Vandilios affirmant, eaque vera et antiqua nomina. Ceterum Germaniæ vocabulum recens et nuper additum[16], quoniam qui primi Rhenum transgressi Gallos expulerint ac nunc Tungri[17], tunc Germani vocati sint: ita, nationis nomen, non gentis[18], evaluisse paulatim, ut omnes primum a victore ob metum, mox[19] etiam a se ipsis invento nomine Germani vocarentur[20].

[1] **Ipsos** marque ici la transition. Tacite passe du pays aux habitants eux-mêmes. Cf. *Agricola*, 13, une transition analogue.

[2] **Crediderim**. Le subjonctif affaiblit encore l'affirmation déjà adoucie par l'emploi de ce verbe. (*Gr. lat.*, 423.)

[3] **Adventibus** peut s'appliquer à des immigrations (*adventus gallicus* dans Cicéron signifie l'invasion des Gaulois), *hospitiis*, seulement à des relations pacifiques. Cette opinion de Tacite et, par conséquent, les raisons sur lesquelles il l'appuie sont inexactes. De grandes migrations venues d'Asie ont peuplé l'Europe, et elles se sont effectuées par terre; mais Tacite songe à combattre l'opinion d'après laquelle des immigrations auraient eu lieu des bords de la Méditerranée, et en ce sens il a raison.

[4] **Quærebant**. Ce verbe ne se construit pas d'ordinaire avec l'infinitif, sauf chez les poètes, et postérieurement à l'époque classique.

[5] **(Oceanus) ultra**. L'océan qui s'étend vers le nord de l'autre côté de la Germanie. *Ultra* joue ici le rôle d'adjectif. Cette façon de parler, que l'existence d'un article en grec rend très fréquente dans cette langue, est rare en latin, du moins chez Cicéron et César, mais Tite-Live et Tacite en usent assez souvent. Cf. Riemann, *Synt. lat.*, § 5.

[6] **Adversus**. Ce mot signifie ici opposé (au monde romain dont la Méditerranée occupait le centre). On le traduit quelquefois par hostile (cf. 34, note 6) et, comme on dit souvent *adverso flumine navigare*, on a pensé aussi que Tacite voulait marquer par ce mot qu'en allant vers le Nord on est en quelque façon obligé de remonter l'Océan, que les anciens se représentaient comme un fleuve entourant la terre.

[7] **Porro** introduit une confirmation du raisonnement commencé. *Præter* = *ut prætermittam*, sans parler de.

[8] **Quis... peteret?** Qui aurait gagné la Germanie? Sur la signification de cet imparfait du subjonctif (potentiel du passé), cf. Ragon, *Gr. lat.*, 423, rem. 3.

[9] **Tristem cultu aspectuque**. D'après Tacite, le sol de la Germanie n'est pas favorable à la culture et ne rachète même pas ce défaut par le pittoresque de son aspect. Il manque à la fois de fertilité et de beauté. — *Nisi si* est un pléonasme de la langue familière.

[10] **Quod** s'accorde avec l'attribut au lieu de s'accorder avec son antécédent. (*Gr. lat.*, 360.) — *Memoriæ et annalium genus*: pléonasme, cf. 1, note 9. *Memoria*, terme plus général, désigne tout moyen de conserver le souvenir des événements, *annales* désigne plus spécialement l'histoire écrite.

[11] **Tuistonem, Mannum**. On croit reconnaître dans ces deux mots l'allemand *deutsch* (Allemand) et *Mann* (homme).

[12] **Originem gentis conditoresque**: pléonasme. Cf. note 10. Ce sens du mot *conditor* est fréquent chez Virgile.

[13] **Vocentur**: subjonctif du discours indirect. *Assignant* équivaut en effet à *fuisse dicunt*. (*Gr. lat.*, 452 et rem.)

[14] **Quidam**: il s'agit, non des Germains, mais des Romains qui se sont occupés des antiquités germaniques.

[15] **Ut** s'emploie souvent pour introduire une explication fondée sur l'expérience, sur un fait habituel. Il équivaut alors à *ut fieri solet*. — *Licentia vetustatis*. Les temps reculés fournissent plus ample matière à la légende et plus de liberté aux discussions historiques.

[16] **Recens et nuper additum**: pléonasme. Cf. 1, note 9. VIRGILE, *Énéide*, I, 267: *Cui nunc cognomen Julo Additur.* — Cette phrase continue le discours indirect introduit par *affirmant*; de là l'emploi des subjonctifs *expulerint, vocati sint*.

[17] Après **Tungri**, suppléez *vocentur* au lieu de *vocati sint*; c'est la figure appelée zeugma.

[18] **Gentis**, la race entière. *Natio*, une peuplade.

[19] **Mox**: cf. 10, note 4.

[20] **Vocarentur**. À propos de cette phrase un savant commentateur dit: *Interpretes hic fluctuant et fluctuabunt æternum*. On peut l'expliquer ainsi: tous ces barbares d'abord appelés du nom de Germains par les vainqueurs des Gaulois (c.-à-d. les Tungres) dans le dessein d'effrayer leurs adversaires, se désignèrent ensuite eux-mêmes de ce nom une fois inventé. Ces explications de Tacite sont naturellement fort sujettes à caution. Cf. lexique des noms propres, *Germani*.

---

3. Fuisse apud eos et Herculem memorant[1], primumque omnium virorum fortium ituri in prœlia canunt. Sunt illis hæc[2] quoque carmina, quorum relatu[3], quem barditum[4] vocant, accendunt animos futuræque pugnæ fortunam ipso cantu augurantur: terrent enim trepidantve, prout sonuit[5] acies, nec tam vocis ille quam virtutis concentus videtur. Affectatur præcipue asperitas soni et fractum murmur[6], objectis ad os scutis, quo[7] plenior et gravior vox repercussu intumescat. Ceterum[8] et Ulixen[9] quidam opinantur longo illo[10] et fabuloso errore in hunc Oceanum delatum adisse Germaniæ terras, Asciburgiumque, quod in ripa Rheni situm hodieque[11] incolitur, ab illo constitutum nominatumque[12]; aram quin etiam[13] Ulixi[14] consecratam, adjecto Laertæ patris nomine, eodem loco olim repertam, monumentaque et tumulos[15] quosdam Græcis litteris inscriptos in confinio Germaniæ Rætiæque adhuc exstare. Quæ neque confirmare argumentis neque refellere in animo est[16]: ex ingenio suo quisque demat vel addat fidem[17].

[1] **Memorant** (*quidam*). Cf. 2, note 14. — *Herculem*, «un Hercule», et non pas l'Hercule grec. — *Primum*, «comme le premier».

[2] **Hæc**: certains commentateurs trouvent ce mot embarrassant, et proposent de le changer en *alia*. Il indique que l'existence de ces chants était bien connue des Romains.

[3] **Relatu**: Tacite paraît être le premier, et peut-être le seul qui ait employé ce mot dans le sens de «exécution d'un chant».

[4] **Barditum** ou **baritum**: l'un, dit-on, viendrait de *Bardhi* (bouclier), l'autre de *Baren* (crier).

[5] **Sonuit**, s.-e. *cantu*.

[6] **Fractum murmur**, sons saccadés. VIRG., *Georg.*, 4, 72: *Vox..... fractos sonitus imitata tubarum.*

[7] **Quo**: cf. *Gr. lat.*, 472.

[8] **Ceterum** indique que le développement reprend son cours normal après les détails donnés sur le chant des barbares.

[9] **Ulixen**. Le manque d'un sens critique assez développé a souvent conduit les anciens à identifier des légendes sur de simples ressemblances de noms. Les auteurs latins et grecs paraissent avoir été trompés par le nom celtique *Ulohoxis*.

[10] **Ille** est souvent emphatique: «ce voyage si fameux». Mais dans *hunc oceanum*, le pronom *hic* (*ille* chez les classiques) rappelle seulement qu'on a déjà parlé de cette mer.

[11] **Hodieque** a le sens non classique de *hodie quoque, etiam hodie*. Cf. Riemann, *Synt. lat.*, p. 504, note. On sous-entend quelquefois *est* après *situm*, *que* conservant son sens ordinaire.

[12] **Nominatumque**. On suppose une lacune après ces mots. Tacite aurait écrit sans doute le nom grec qu'on supposait remonter à Ulysse,

peut-être ἀστυπύργιον ἀσκιπύργιον. Très probablement les anciens ont été trompés ici encore par une fausse analogie. Il y a aujourd'hui près du Rhin une localité nommée *Asburg*.

[13] **Quin etiam**. Tacite aime à placer cette locution après un mot. Cf. 8, *Inesse quin etiam*...; 34, *Ipsum quin etiam*.

[14] **Ulixi** (= *ab Ulixe*): datif avec le passif. Certains commentateurs s'opposent à ce que ce datif soit regardé comme désignant l'agent, à cause de *adjecto patris nomine*, et traduisent: «autel consacré à Ulysse».

[15] **Monumenta et tumulos**. Comme au ch. 2: *memoriæ et annalium genus*, le mot général précède le mot spécial. Cf. 1, note 9.

[16] **In animo est**: cette expression paraît avoir appartenu surtout au langage familier. Cf. Riemann, *Synt. lat.*, § 183, 2°.

[17] **Ex ingenio**, d'après sa tournure d'esprit. Cf. 7, note 1. — *Demere* et *addere fidem* sont des expressions poétiques; elles ne signifient pas seulement «croire» ou «ne pas croire», mais «accréditer» ou «discréditer». Cf. *Annales*, IV, 9: *Ad vana revolutus vero quoque fidem dempsit*. *Histoires*, III, 39: *Addidit facinori fidem*. Mais, dans Ovide, *Remed. am.*, 290, *Deme veneficiis carminibusque fidem* signifie simplement «ôte ta confiance, cesse de croire à...».

4. Ipse eorum opinionibus[1] accedo, qui Germaniæ populos nullis[2] aliarum nationum conubiis infectos[3] propriam et sinceram et tantum sui similem gentem exstitisse arbitrantur. Unde habitus[4] quoque corporum, quanquam in tanto hominum numero, idem omnibus: truces et cærulei oculi, rutilæ comæ, magna corpora et tantum ad impetum[5] valida; laboris atque operum[6] non eadem[7] patientia, minimeque sitim æstumque tolerare, frigora atque inediam cælo solove[8] assueverunt.

[1] **Opinionibus**. Tacite met le pluriel, bien qu'il ne s'agisse que d'une seule opinion, parce qu'il pense à chaque érudit en particulier. On écrit d'ailleurs aussi *opinioni*.

[2] **Aliis** est employé à la façon des Grecs, pour renforcer *aliarum*. Cf. *Dial. des orateurs*, 10: *Ceteris aliarum artium studiis*. On prend aussi quelquefois *aliis* dans le sens fort d'«étrangers». D'autres le suppriment simplement.

[3] Parfois *inficere* signifie seulement «imprégner, mélanger». Sénèque: *Sapientia nisi infecit animum*... mais l'idée d'altération, de corruption s'y ajoute souvent. Cf. 46: *Conubiis mixtis nonnihil in Sarmatarum habitum fœdantur*.

[4] **Habitus**. Il ne s'agit pas de la constitution intérieure, mais de la conformation, de l'aspect extérieur. Cf. 17, note 9.

[5] **Impetum**, l'élan, c.-à-d. les actions qui demandent une certaine impétuosité.

[6] **Laboris** (travail en général) *et operum* (travaux militaires): cf. 1, note 9.

[7] **Non eadem** indique une comparaison et suppose deux termes; mais si le second ressort du contexte, Tacite l'omet souvent. Cf. 23 et 35.

[8] **Cælo solove**: ablatifs de cause; l'inclémence du ciel les habitue au froid, la stérilité du sol, à la faim. Remarquez la construction de la phrase: d'un côté *sitim æstumque*, de l'autre *frigora et inediam*, opposés par asyndète, avec entre-croisement. Mais il est inutile de supposer que Tacite, pour plus de variété encore, fait dépendre le premier membre de *tolerare*, le second directement de *assueverunt*: *tolerare* gouverne les deux membres.

5. Terra etsi aliquanto[1] specie differt, in universum[2] tamen aut silvis horrida aut paludibus fœda, humidior, qua Gallias, ventosior qua Noricum ac Pannoniam aspicit; satis[3] ferax, frugiferarum arborum impatiens, pecorum[4] fecunda, sed plerumque improcera[5]. Ne armentis quidem suus[6] honor aut gloria frontis: numero gaudent, eæque solæ et gratissimæ opes sunt. Argentum et aurum propitiine an irati dii negaverint dubito[7]; nec tamen affirmaverim[8] nullam Germaniæ venam argentum aurumve gignere: quis enim scrutatus est[9]? Possessione et usu haud perinde[10] afficiuntur. Est videre[11] apud illos argentea vasa, legatis et principibus eorum muneri data, non in alia[12] vilitate quam quæ humo finguntur; quanquam[13] proximi ob usum commerciorum aurum et argentum in pretio habent[14] formasque quasdam nostræ pecuniæ[15] agnoscunt atque eligunt; interiores simplicius et antiquius permutatione mercium utuntur. Pecuniam probant veterem et diu notam[16], serratos bigatosque; argentum quoque magis quam aurum sequuntur, nulla affectione animi[17], sed quia numerus argenteorum facilior usui est promiscua ac vilia mercantibus.

[1] **Aliquanto**, jusqu'à un certain point. Trad.: «Bien que le pays offre des aspects assez divers».

[2] **In universum**, en général, en faisant abstraction des différences partielles. Cf. 6: *In universum æstimanti*, et la note. Les expressions de ce genre sont fréquentes chez Tacite. Cf. 27 et 38, *in commune*; 21, *in publicum*. — *Horrida*, s.-e. *est*.

[3] **Satis** (ablatif pluriel) désigne tout ce qui se sème, spécialement les céréales, mais aussi d'autres graines. Il s'oppose à *frugiferarum arborum*, qui signifie les arbres fruitiers proprement dits, c.-à-d. cultivés, comme en Italie; autrement il y aurait contradiction avec le chap. 23, où Tacite dit que les Germains vivaient de fruits sauvages.

[4] **Pecus** désigne le bétail en général, comme chevaux, bœufs, brebis, et sans doute aussi, en cet endroit, porcs. Il signifie spécialement le menu bétail quand il est opposé à *armenta*, qui désigne les gros animaux employés au labour.

[5] **Improcera** (*hæc pecora sunt*). La substitution subite d'un nouveau sujet, d'ailleurs sous-entendu, rend cette construction fort dure.

[6] **Suus**, qui leur convient. Tacite en juge d'après les bœufs d'Italie qui avaient et ont encore de fort longues cornes. Pour cet emploi de *suus* avec un nominatif, cf. Ragon, *Gr. lat.*, 346, 1°, et Riemann, *Synt. lat.*, § 9, rem. IV. — *Honor* et *gloria* sont pris métaphoriquement pour ce qui les produit. *Aut* distingue nettement les deux qualités: *honor*, c'est la grandeur de la taille (*proceritas*); *gloria frontis*, c'est la longueur des cornes.

[7] **Dubito**. Une de ces pointes fréquentes chez Tacite et fort recherchées des écrivains de son temps.

[8] **Affirmaverim**: cf. 2, note 2.

[9] **Scrutatus est**. Tacite raconte dans les *Annales* (XI, 20) qu'un certains Rufus exploitait une mine d'argent en Germanie. Mais il ignorait encore ce fait quand il composa ce livre, ou peut-être n'a-t-il pas cru devoir en tenir compte, car cette entreprise rapporta peu de chose et ne dura pas: *Unde tenuis fructus nec in longum fuit*.

[10] **Haud perinde**. Les uns expliquent: «ils sont inégalement touchés, les uns plus, les autres moins». D'autres, suppléant le second terme de la comparaison, traduisent: «Ils ne sont pas touchés de la même manière que nous», ou entendent: *Possessione haud perinde quam (atque) usu afficiuntur*. Il est plus simple de traduire *haud perinde* par «non pas tellement, pas beaucoup, pas comme on pourrait le croire», en grec, οὐχ ὁμοίως. On en a des exemples dans Suétone (*Tiber.*, 52): *Tiberius ne mortuo quidem Druso perinde affectus est*; et dans Tacite même: *Arminius Romanis haud perinde celebris*.

[11] **Est videre**, en grec ἔστιν (= ἔξεστιν) ἰδεῖν; cette construction est peut-être d'origine vulgaire. Cf. Riemann, page 299, note, où ce passage est cité.

[12] **Non in alia** = *in eadem, in pari vilitate*.

- 17 -

[13] **Quanquam**, cependant (*Gr. lat.*, 499, rem.). — *Proximi* (s.-e. *nobis*) est opposé à *interiores*, trois lignes plus loin. — *Usus commerciorum* dit plus que *commercium* seul; c'est la pratique habituelle des relations commerciales.

[14] **In pretio habere**, «attacher du prix à». OVIDE: *In pretio pretium nunc est*, on attache aujourd'hui du prix à l'argent seul.

[15] **Pecunia**, ici «argent monnayé, monnaie».

[16] **Veterem et diu notam**. Ce n'était pas sans raison, car les anciennes pièces contenaient plus de métal précieux. *Serratos bigatosque (denarios)*. Les *serrati* (*serra*, scie) avaient le bord dentelé; les *bigati* portaient l'effigie d'une Victoire conduisant un char à deux chevaux (*bigæ*).

[17] **Nulla affectione animi**: ce n'est pas chez eux une affaire de sentiment, de goût, mais une préférence fondée sur la commodité. — *Promiscua*, à la portée de tous, vulgaire, commun.

---

6. Ne ferrum quidem superest[1], sicut ex genere telorum colligitur. Rari[2] gladiis aut majoribus lanceis utuntur: hastas vel ipsorum vocabulo *frameas* gerunt, angusto et brevi ferro[3], sed ita acri et ad usum habili, ut eodem telo, prout ratio poscit, vel cominus vel eminus pugnent. Et eques quidem scuto frameaque contentus est; pedites et missilia[4] spargunt, plura singuli, atque in immensum[5] vibrant, nudi aut sagulo leves[6]. Nulla cultus[7] jactatio; scuta tantum lætissimis coloribus[8] distinguunt. Paucis loricæ, vix uni alterive cassis aut galea[9]. Equi non forma, non velocitate conspicui; sed nec variare gyros[10] in morem nostrum docentur: in rectum aut uno flexu dextros agunt, ita conjuncto orbe[11] ut nemo posterior sit. In universum æstimanti[12] plus penes peditem roboris; eoque[13] mixti prœliantur, apta et congruente ad equestrem pugnam velocitate[14] peditum, quos ex omni juventute delectos ante aciem locant. Definitur et numerus: centeni ex singulis pagis sunt, idque ipsum inter suos vocantur[15], et quod primo numerus fuit, jam nomen et honor est. Acies per cuneos[16] componitur. Cedere loco, dummodo rursus instes, consilii quam[17] formidinis arbitrantur. Corpora suorum etiam in dubiis prœliis referunt. Scutum reliquisse præcipuum[18] flagitium, nec aut sacris adesse aut concilium inire ignominioso fas; multique superstites bellorum infamiam laqueo finierunt[19].

[1] **Superest**, litt., est surabondant. TERENCE: *Cui tanta erat res et supererat*. Traduisez: le fer lui-même n'est pas fort abondant.

[2] **Rari**, c'est le petit nombre qui se sert de.

[3] **Angusto et brevi ferro**. Cependant Tacite désigne ainsi les armes des Germains, *Annales*, I, 64: *Hastæ ingentes*; II, 14: *enormes hastas*; II, 21: *prælongas hastas*. On n'est pas d'accord sur la forme de la framée. Les uns en font une épée, les autres une hache. Si certaines armes, découvertes dans les tombeaux mérovingiens, sont bien les antiques framées, elles avaient la forme d'une pique. C'est aussi ce que ferait croire la ressemblance du mot *framea* avec l'allemand *Pfriem*, qui désigne un corps long et pointu, comme une broche; Mullenhof le rapproche de l'ancien allemand *fram*, en avant.

[4] **Missilia** (de *missus*), tout ce qui peut être lancé, projectiles de toute espèce, spécialement javelots et pierres.

[5] **In immensum**. Cf. 1, note 5.

[6] **Leves**, «vêtus légèrement», c.-à-d. portant le léger vêtement appelé *sagulum*, plus court que le *sagum*. Cf. 17, note 1.

[7] **Cultus**, l'habillement, l'équipement considéré au point de vue de l'ornementation. Trad., «ils n'ont pas la vanité du costume».

[8] **Lætissimis coloribus**, couleurs très voyantes, opposées aux couleurs sombres des boucliers des Hariens au ch. 43. On écrit aussi *lectissimis* qui paraît moins satisfaisant. STACE, *Ach.*, I, 323: *lætum rubere*.

[9] **Vix uni alterive**, à peine un ou deux. — *Cassis*, casque en métal; *galea*, casque en cuir.

[10] **Variare gyros** = *in varios gyros ire*.

[11] **Orbe**. Certains commentateurs pensent que les Germains font manœuvrer leurs chevaux droit devant eux (*in rectum*) ou en cercle fermé (*conjuncto orbe*) dans lequel personne ne se trouve le dernier. Mais ce mouvement paraît bien élémentaire, et d'ailleurs *dextros* et *posterior* s'expliquent mal. Il s'agit plutôt d'un mouvement de conversion à droite, exécuté autour d'un centre fixe. Les cavaliers décrivent le cercle, alignés les uns près des autres (*conjuncto orbe*) de telle façon qu'aucun d'eux ne reste trop en arrière.

[12] **Æstimanti**. Ce datif de relation désigne la personne par rapport à laquelle l'affirmation est vraie: «Pour quelqu'un qui...» Cet emploi du datif, inconnu à Cicéron et à Salluste, paraît imité du grec. On trouve déjà dans César, *B. G.* III, 80, 1: *Venientibus ab Epiro*. (*Gr. lat.*, 280, rem. 2.)

[13] **Eo** = *ideo*.

[14] **Velocitate**. César, *B. G.*, I, 48, décrit avec beaucoup de précision, en général qui l'a vu exécuter, cette manœuvre qui n'est qu'indiquée ici.

[15] **Id ipsum vocantur**. Ils sont désignés sous ce nom même: les *cent*.

[16] **Per cuneos**: leur front de bataille est formé par des groupes ayant la forme de coins et rangés en ligne.

[17] **Quam**, s.-e. *potius esse*. Cette sorte d'ellipse dans les comparaisons est fréquente chez Tacite. Il emploie même ainsi deux adjectifs au positif, *Ann.*, IV, 61: *Agrippa claris majoribus quam vetustis*.

[18] **Præcipuum**, le principal, le plus grand opprobre. Cet adjectif est fréquemment employé par les auteurs de la décadence pour marquer une idée superlative en général. Il en est de même de *egregius*, *eximius*. — *Reliquisse*: cet infinitif parfait marque que l'on considère l'action dans son achèvement et dans ses conséquences.

[19] **Finierunt**. D'après Gantrelle, *Gram. de Tacite*, § 7, Tacite emploie, au parfait, la 3ᵉ personne du pluriel en *ēre* dans le sens de notre passé défini, et en *ērunt* dans le sens du passé indéfini. Ici: ont mis fin à leur honte.

---

7. Reges ex[1] nobilitate, duces ex virtute sumunt. Nec regibus infinita aut libera[2] potestas, et duces exemplo potius quam imperio, si prompti, si conspicui, si ante aciem agant, admiratione præsunt[3]. Ceterum neque animadvertere[4] neque vincire, ne verberare quidem nisi sacerdotibus permissum, non quasi[5] in pœnam nec ducis jussu, sed velut deo imperante, quem adesse bellantibus credunt. Effigiesque et signa[6] quædam detracta lucis in prœlium ferunt. Quodque[7] præcipuum fortitudinis incitamentum est, non casus nec fortuita conglobatio[8] turmam aut cuneum[9] facit, sed familiæ et propinquitates; et in proximo pignora[10], unde feminarum ululatus audiri[11], unde vagitus infantium. Hi cuique sanctissimi testes, hi maximi laudatores: ad matres, ad conjuges vulnera ferunt[12]; nec illæ numerare aut exigere plagas pavent, cibosque et hortamina[13] pugnantibus gestant.

[1] **Ex**, suivant, d'après: cf. 3, *ex ingenio suo*.

[2] **Infinita aut libera**. Bien que cette expression ait l'air d'un pléonasme, on peut trouver entre ces deux adjectifs une différence de sens accentuée par l'emploi de *aut* au lieu de *et*. Trad.: «Le pouvoir des rois n'est pas illimité ou même simplement sans contrôle.» — Tandis que les Romains de la république méprisaient les barbares en les regardant comme les esclaves de leurs rois, les Romains de l'empire,

opprimés par les tyrans, en étaient venus à envier la liberté de ces mêmes barbares; Lucain (*Phars.*, VII) appelle la liberté *Germanum Scythicumque bonum*.

[3] Cette phrase est remarquable par l'emploi répété (anaphore) de *si*, qui, entraînant la suppression de la liaison, ajoute beaucoup de vivacité. De plus l'asyndète entre *exemplo potiusquam imperio* et *admiratione* indique une forte gradation. Pour le subjonctif après *si*, cf. 14, note 4.

[4] **Animadvertere**, non pas simplement punir, mais punir de mort. La gradation dans *animadvertere, vincire, verberare*, est descendante. Pour les Romains *vincire* est plus fort que *verberare*. Cependant Cicéron (*in Verr.*, II, 5, 170), à propos du supplice de Gavius, observe un ordre différent: *Facinus est vinciri civem romanum, scelus verberari, prope parricidium necari*.

[5] **Quasi** tombe également sur *ducis jussu*. On peut reconnaître ici une sorte d'hendiadyn: *in pœnam nec ducis jussu* équivaut à: *in poenam ducis jussu ab aliquo petendam*. Cf. 25, note 7. — *Deo*, la divinité en général parce qu'elle changeait de nom suivant les peuplades. — Ici, comme en beaucoup d'autres endroits, Tacite prête aux coutumes des Germains des raisons d'être que ceux-ci ne soupçonnaient pas. Il use habilement de ce procédé pour faire la leçon à ses compatriotes.

[6] **Effigies et signa**, des images et des symboles. Ces images n'étaient pas des statues de forme humaine, mais représentaient des animaux tels que loups, ours. Cf. *Hist.*, IV, 22. Ces symboles étaient des étendards ou des armes: ainsi la lance était l'attribut de Wôdan, le marteau celui de Thunar.

[7] **Quod**. Cette proposition relative forme une apposition à toute la proposition qui suit. — *Præcipuum*: cf. 6, note 18.

[8] **Non casus nec fortuita conglobatio**, comme s'il y avait: *non casus fortuitæ conglobationis*; expression qui tient à la fois de l'hendiadyn et du pléonasme.

[9] **Turma** se dit des cavaliers, *cuneus*, des fantassins. Cf. 6.

[10] **Pignora**, litt., «gages, objets d'affection». Suivi ou non de *conjugum liberorumque*, ce mot se dit souvent des membres de la famille.

[11] **Audiri**. Cet emploi de l'infinitif est remarquable. On attendrait *audire est*, ou *audiri possunt* ou *audias*. C'est peut-être une imitation de cet infinitif descriptif chez Virgile, *Énéide*, VII, 15: *Hinc exaudiri gemitus*.

[12] Il y a dans cette phrase un emploi répété de l'anaphore: *unde, unde; hi, hi; ad, ad;* la couleur poétique est très marquée dans ce passage.

[13] **Cibos et hortamina**. Tacite réunit ici encore l'abstrait et le concret comme au ch. 1: *Metu aut montibus.* Cf. Hugo (*Burgraves*, I, VII): «Debout sur sa montagne et dans sa volonté.» — *Hortamen*, au lieu de *Hortamentum*, est poétique; on trouve chez Ovide une foule de mots de ce genre, qui ont l'avantage d'entrer facilement dans la mesure du vers.

8. Memoriæ proditur quasdam acies inclinatas jam et labantes[1] a feminis restitutas constantia precum et objectu pectorum[2] et monstrata cominus[3] captivitate, quam longe impatientius feminarum suarum nomine[4] timent, adeo ut[5] efficacius obligentur animi civitatum quibus inter obsides puellæ quoque nobiles imperantur[6]. Inesse quin etiam sanctum aliquid et providum[7] putant, nec aut consilia earum aspernantur aut responsa negligunt. Vidimus[8] sub divo Vespasiano Veledam diu apud plerosque[9] numinis loco habitam; sed et olim Albrunam et complures alias venerati sunt, non adulatione nec tanquam[10] facerent deas.

[1] **Inclinatas et labantes**, qui commençaient à plier et à lâcher pied. — *Restituere*, de même que nous disons en français «rétablir» la bataille en ramenant les soldats au combat.

[2] **Objectu pectorum**, au lieu de *objectis pectoribus*. L'ablatif du nom abstrait, chez les auteurs de l'époque impériale, remplace souvent le participe passif. Tacite cherche ici la variété, puisque *monstrata captivitate* suit immédiatement. — Les Romains avaient observé cet usage des femmes germaines lors de l'invasion des Cimbres. D'après Plutarque (*Marius*, 19), les femmes des barbares tuaient les fuyards, écrasaient leurs enfants sous les chars, puis s'égorgeaient elles-mêmes.

[3] **Cominus** a ici la valeur d'un adjectif, comme s'il y avait: *dum captivitatem proximam (in proximo) esse monstrant.* Cf. *Ann.*, II, 20: *Imparem cominus pugnam.*

[4] **Nomine**, «pour le compte de» ou simplement «pour». CICERON: *meo nomine*, par égard pour moi, à ma considération.

[5] **Adeo ut** marque une gradation, sur laquelle *quin etiam*, deux lignes plus loin, renchérira encore.

[6] Cet usage n'était pas inconnu en Italie, puisque les Romains eux-mêmes avaient donné comme otages à Porséna des jeunes filles, et parmi elles Clélie.

[7] **Providum**. Il ne s'agit pas seulement de prudence ou de prévoyance, mais de caractère prophétique.

[8] Bien que *Vidimus* ne signifie pas nécessairement que Tacite ait vu lui-même Véléda, on peut cependant le supposer, car elle fut amenée à Rome. STACE, *Sylv.*, I, 4, 90: *Captivæque preces Veledæ*.

[9] **Plerique** se prend souvent chez Tacite dans le sens de *multi*.

[10] **Tanquam**: cf. 20, note 11. Ici encore Tacite interprète les actes des Germains pour faire la leçon aux Romains. Selon lui, les barbares agissaient ainsi par une superstition de bonne foi moins honteuse que la servilité qui poussait les Romains à déclarer déesses et à adorer, sans conviction, les sœurs et les épouses de leurs tyrans.

9. Deorum maxime Mercurium[1] colunt, cui certis diebus humanis quoque hostiis[2] litare fas habent. Herculem ac Martem[3] concessis animalibus[4] placant. Pars Sueborum et Isidi[5] sacrificat: unde causa et origo peregrino sacro[6], parum comperi, nisi quod signum ipsum in modum liburnæ figuratum docet advectam religionem[7]. Ceterum nec cohibere parietibus deos neque in ullam humani oris speciem assimulare ex[8] magnitudine cælestium arbitrantur: lucos ac nemora[9] consecrant deorumque nominibus appellant secretum illud[10], quod sola reverentia vident.

[1] **Mercurium**. Cet exposé de la religion des Germains, plein de détails intéressants, est malheureusement gâté par l'habitude d'interpréter à la romaine les croyances étrangères. L'assimilation de Wôdan à Mercure repose sur une ressemblance d'attributs. Cf. *Mercurii dies*, mercredi, et Wednesday en anglais.

[2] **Hostiis**. C'étaient généralement des prisonniers de guerre. C'est ainsi que furent sacrifiés les officiers des légions de Varus. Selon Strabon, les prêtresses égorgeaient ces victimes et tiraient des présages de leur sang.

[3] **Herculem et Martem**: Thunar et Tiu. Comparez l'anglais *Tuesday* et le français *mardi*.

[4] **Concessis animalibus**, les animaux qu'il est permis de sacrifier, soit parce que les Germains distinguaient entre les animaux ceux qui étaient propres aux sacrifices, soit plus probablement par opposition aux sacrifices humains que la conscience réprouve.

[5] Cette prétendue Isis est probablement l'épouse de Wôdan. Isis, épouse d'Osiris, était une divinité égyptienne acceptée par les Romains.

[6] **Peregrino sacro**: datif de possession ou de destination. Cet emploi est fréquent chez Tacite. Cf. *Ann.*, II, 64: *Causas bello.* — *Nisi quod*: cf. 29, note 11.

[7] **Religionem** signifie ici non pas doctrine religieuse, mais culte extérieur. Les savants modernes ne sont pas plus renseignés sur ce point que Tacite. On ne sait trop ce que lui-même veut prouver dans ces quelques mots: comme Isis chez les Romains avait pour attribut un navire, a-t-il voulu dire que ce navire est une preuve que cette déesse est bien l'Isis des Romains et des Égyptiens? Le texte paraît signifier que le navire symbolise l'importation de ce culte. — *Liburna*, navire léger, d'abord propre aux Liburnes d'Illyrie.

[8] **Ex**, en rapport avec. Cf. 7, note 5. Encore une interprétation des usages des Germains. Il est fort possible que ce peuple n'eût ni temples ni statues, tout simplement parce qu'il ignorait l'architecture et la sculpture. Les Germains représentèrent d'abord leurs dieux par des symboles ou des attributs, mais plus tard par de vraies statues.

[9] **Lucos ac nemora**. Pléonasme. *Lucus* signifie plus spécialement bois sacré, mais aussi forêt en général; *Nemus*, habituellement bois en général, surtout entouré de pâturages, s'emploie aussi pour bois sacré. Ces deux mots sont souvent réunis en poésie. VIRGILE, *Buc.*, VIII, 86: *Per nemora atque altos quærendo bucula lucos.*

[10] **Secretum illud**, ils se servent du nom des dieux pour désigner cette présence mystérieuse que la vénération seule leur rend sensible et pour ainsi dire visible. Au contraire les Romains désignaient du nom des dieux, non pas une présence spirituelle, mais la statue elle-même qui habitait le bois sacré et qu'ils voyaient de leurs yeux.

---

10. Auspicia sortesque[1] ut qui maxime[2] observant. Sortium consuetudo simplex: virgam frugiferæ[3] arbori decisam in surculos amputant eosque notis quibusdam discretos super candidam vestem temere ac fortuito spargunt. Mox[4], si publice consultetur, sacerdos civitatis, sin privatim, ipse pater familiæ, precatus deos cælumque suspiciens ter singulos[5] tollit, sublatos secundum impressam ante notam interpretatur. Si prohibuerunt[6], nulla de eadem re in eumdem diem[7] consultatio; sin permissum, auspiciorum adhuc[8] fides exigitur. Et illud quidem etiam hic notum, avium voces volatusque interrogare: proprium gentis[9] equorum quoque præsagia ac monitus experiri. Publice aluntur iisdem nemoribus[10] ac lucis, candidi et nullo[11] mortali opere contacti; quos pressos sacro curru[12] sacerdos ac rex vel princeps[13] civitatis comitantur hinnitusque ac fremitus observant. Nec ulli auspicio major fides, non solum apud plebem, sed apud proceres;

sacerdotes enim ministros deorum, illos[14] conscios putant. Est et[15] alia observatio auspiciorum, qua gravium bellorum eventus explorant. Ejus gentis, cum qua bellum est, captivum quoquo modo[16] interceptum cum electo popularium suorum, patriis quemque armis, committunt: victoria hujus vel illius pro præjudicio[17] accipitur.

[1] **Auspicia** et **sortes**. Comme on le voit par le reste du chapitre, ces mots ne sont nullement synonymes. *Sortes*, divination par le sort. Cette coutume fut sévèrement réprimée par les lois après la conversion des Germains au Christianisme, mais elle survécut au paganisme sous la forme des jugements de Dieu.

[2] **Ut qui maxime**, autant que personne. (*Gr. lat.*, 371.)

[3] **Frugiferæ** est pris ici dans un sens plus général qu'au ch. 5. Il désigne tout arbre qui porte des fruits, comme le poirier, le hêtre, etc. — *Notis*. C'étaient, soit les caractères spéciaux appelés *runes*, en usage chez les anciens Germains, soit des signes quelconques auxquels on attribuait d'avance une signification conventionnelle. — *Vestis*, étoffe en général. Cf. 40, note 10.

[4] **Mox** signifie «ensuite» chez Tacite. Il est souvent employé pour marquer le progrès de la narration. Cf. 2, où il est précédé de *primum*. — *Publice*. Cf. 15, note 7.

[5] **Ter singulos**. On emploie les adjectifs distributifs lorsque le nombre doit être répété plusieurs fois. C'est ainsi que l'on dit *bis bini*, deux fois deux; donc ici: il lève trois fois un morceau, c.-à-d. trois morceaux l'un après l'autre; et non pas: il lève trois fois chaque morceau.

[6] **Si prohibuerunt** (*surculi*), si les pronostics qu'on en a tirés sont défavorables.

[7] **In eumdem diem**, pour le même jour, c.-à-d. dans la même journée. Tite-Live, 29, 23: *Ex Hispania forte in idem tempus Scipio atque Asdrubal convenerunt.*

[8] **Adhuc**, en outre. — *Et etiam* au lieu de *etiam* seul. Cf. *Agricola*, 10: *et jugis etiam*. Tacite emploie aussi *et quoque*.

[9] **Proprium gentis**. Tacite compare toujours les coutumes des Germains à celles des Romains. En Italie on ne tirait pas de présages des chevaux, mais les Perses le faisaient, au dire d'Hérodote. Cet usage, à en juger par l'épisode du cheval d'Achille dans Homère, n'était peut-être pas inconnu aux Grecs. — *Præsagia et monitus*: ces deux mots ne sont pas entièrement synonymes, car le premier désigne

le pronostic en lui-même, le second, par rapport aux conséquences qu'on en tire. Néanmoins l'expression est pléonastique.

[10] **Iisdem nemoribus**. Ce sont les bois sacrés dont il a été question au ch. précédent. L'ablatif sans préposition pour marquer le lieu (question *ubi*) s'emploie chez Tacite avec toutes sortes de noms lorsqu'ils sont accompagnés d'un déterminatif. On trouve même (*Hist.*, II, 16) l'ablatif du substantif seul: *balineis interficitur*.

[11] **Et nullo** au lieu de *neque ullo*. Cf. 28, note 5. — *Contacti*, touchés, c.-à-d. souillés par aucun travail profane. Cf. 4, note 3, sur *infectus*. Le contraire, très employé, est *intactus*; Virgile dit du bétail qui n'a pas porté le joug: *grex intactus*.

[12] **Pressos sacro curru**: expression poétique qu'Ovide emploie plusieurs fois.

[13] **Sacerdos ac rex vel princeps**, le prêtre, auquel se joint le roi ou, s'il n'y a pas de roi, le chef de la cité.

[14] **Illos**, les chevaux; *conscios* (s.-e. *deorum*), ils s'imaginent que ces animaux connaissent les secrets des dieux. TIBULLE, 1, 9: *conscia fibra deorum*.

[15] **Et**, aussi. Cf. 34, note 5.

[16] **Quoquo modo**: ellipse très correcte (*Gr. lat.*, 370, rem.). Cf. Riemann, *Synt. lat.*, 14, rem. 1. — *Committunt*: terme technique des écrivains de l'empire en parlant des combats de l'arène.

[17] **Pro præjudicio**, comme une décision marquant d'avance quelle sera l'issue de la guerre.

---

11. De minoribus[1] rebus principes consultant, de majoribus omnes, ita tamen, ut ea quoque, quorum penes plebem arbitrium est, apud principes pertractentur[2]. Coeunt, nisi quid fortuitum et subitum incidit, certis diebus[3], cum aut inchoatur luna aut impletur[4]; nam agendis rebus hoc auspicatissimum initium credunt. Nec dierum numerum, ut nos, sed noctium[5] computant. Sic constituunt, sic condicunt[6]; nox ducere[7] diem videtur. Illud[8] ex libertate vitium, quod non simul nec ut jussi conveniunt, sed et alter[9] et tertius dies cunctatione coeuntium absumitur. Ut turbæ placuit[10], considunt armati. Silentium per sacerdotes, quibus tum et coercendi jus est, imperatur. Mox rex vel princeps, prout[11] ætas cuique, prout nobilitas, prout decus bellorum, prout facundia est, audiuntur, auctoritate suadendi magis quam jubendi potestate. Si displicuit sententia, fremitu[12] aspernantur; sin placuit, frameas concutiunt: honoratissimum assensus genus est armis laudare.

[1] **Minoribus**, les choses de moindre importance, comme les difficultés entre particuliers; *majoribus*, surtout les questions de paix et de guerre, les traités.

[2] **Pertractentur**. Les questions importantes sont d'abord examinées à fond par les chefs, ensuite présentées au peuple qui décide souverainement.

[3] **Certis diebus**: à des jours déterminés et périodiquement. Ces assemblées, d'après ce passage de Tacite, paraissent avoir été tenues assez fréquemment, peut-être tous les quinze jours. Mais chez les peuples qui couvraient une grande étendue de pays, ces assemblées étaient plus rares. Les Francs ne se réunissaient régulièrement qu'une fois l'an.

[4] **Aut impletur**: c'est le temps de la nouvelle ou de la pleine lune.

[5] **Noctium**. César rapporte la même chose des Gaulois. On trouve des traces de cet usage dans certaines expressions allemandes et anglaises, par exemple: fortnight.

[6] **Sic constituunt, sic condicunt**: termes du droit romain, qu'il faut prendre dans un sens plus large. C'est en comptant ainsi qu'ils fixent un terme, qu'ils datent leurs conventions.

[7] **Ducere**. La nuit semble marcher la première et ramener le jour. Tacite veut dire que la nuit, d'après les idées des Germains et à cause du climat, semble commander le jour. C'est ainsi que l'hiver semble commencer l'année et qu'on ne compte que trois saisons: *hiems et ver et æstas* (ch. 29).

[8] **Illud** annonce la proposition qui commence par *quod*, comme au chapitre précédent *illud* annonçait un infinitif: *illud etiam notum ..... interrogare.* — *Ut jussi*, comme pour obéir à un ordre.

[9] **Alter**, un second jour. Cf. 6, note 9.

[10] **Ut turbæ placuit**, dès que l'assemblée le juge à propos. Cette indépendance est en outre marquée par ce fait que les prêtres seuls ont alors le droit de punir (*coercendi*). — *Mox*: cf. 10, n. 4.

[11] **Prout**. Le roi ou le chef est alors écouté en raison de son âge, de son renom, de son éloquence, et non pas en vertu de son titre même, comme l'explique ce qui suit. — *Auctoritate suadendi*: l'ablatif de manière est employé chez Tacite plus librement que chez les auteurs

classiques. Trad.: «Ils se font écouter plutôt par le pouvoir de la persuasion que par celui du commandement.»

[12] **Fremitus**, murmures défavorables. Ce mot se prend aussi en bonne part. VIRG., *Én.*, V, 148: *Tum plausu fremituque virum... Consonat omne nemus*, VIII, 717. — *Sin: Gr. lat.*, § 491, rem. — *Concutiunt*, heurtent de manière à faire du bruit. César raconte la même chose des Gaulois.

12. Licet apud concilium[1] accusare quoque et discrimen capitis intendere. Distinctio pœnarum ex[2] delicto: proditores et transfugas[3] arboribus suspendunt, ignavos et imbelles et corpore infames[4] cæno ac palude, injecta insuper crate, mergunt. Diversitas supplicii illuc respicit[5], tanquam scelera ostendi opporteat, dum puniuntur, flagitia abscondi. Sed et levioribus delictis pro modo[6] pœna: equorum pecorumque numero convicti multantur. Pars multæ regi vel civitati[7], pars ipsi, qui vindicatur, vel propinquis ejus exsolvitur.

Eliguntur in iisdem conciliis et principes, qui jura per pagos vicosque[8] reddunt. Centeni singulis ex plebe comites[9] consilium simul et auctoritas adsunt.

[1] **Concilium**, l'assemblée dont Tacite vient de décrire la formation et dont il va indiquer les attributions. — *Discrimen capitis intendere*, intenter un procès pour crime capital. CICERON, *de Orat.*; 1, 10: *Singulæ familiæ litem tibi intenderent*.

[2] **Ex**: cf. 7, note 1.

[3] **Proditores et transfugas**, ceux qui trahissent leur patrie et marchent avec l'ennemi. — *Ignavos et imbelles*, non pas simplement les poltrons, mais ceux qui ont commis à la guerre quelque lâcheté insigne.

[4] **Corpore infames**, ceux qui se sont déshonorés. *Cæno ac palude*: hendiadyn pour *cæno paludis*.

[5] **Illuc respicit tanquam**, a pour raison d'être cette idée que... *Tanquam* a souvent chez Tacite le sens de ὡς en grec: dans la pensée que. Tite-Live l'emploie aussi dans ce sens avec un participe au lieu de *ut*. Riemann, *Synt. lat.*, § 262, rem. 1. Cf. 20, note 11.

[6] **Pro modo**, s.-e. *delicti*.

[7] **Regi vel civitati**: datifs d'intérêt. L'amende est payée en partie au profit du roi, et là où il n'y a pas de roi, au profit de la cité. — *Vel propinquis*, aux parents lorsqu'il y a eu mort. Cf. 21: *luitur etiam*

homicidium, etc. Cette coutume des compensations exista longtemps chez les Francs. La loi salique fixait fort minutieusement la somme à payer pour chaque espèce de délit.

[8] **Pagus**, canton; *vicus* groupe d'habitations, village.

[9] **Ex plebe comites**, des assesseurs choisis parmi les hommes libres. *Ex plebe* remplit la fonction d'adjectif. — *Consilium simul et auctoritas* sert d'attribut: comme conseil et comme autorité, c.-à-d. pour former leur conseil et ajouter à leur autorité.

---

13. Nihil autem neque publicæ neque privatæ rei[1] nisi armati agunt. Sed arma sumere non ante cuiquam moris,[2] quam civitas suffecturum[3] probaverit. Tum in ipso concilio vel principum aliquis vel pater vel propinqui scuto frameaque juvenem ornant. Hæc[4] apud illos toga, hic primus juventæ honos; ante hoc domus pars videntur, mox reipublicæ. Insignis nobilitas aut magna patrum merita principis dignationem[5] etiam adolescentulis assignant; ceteris robustioribus ac jam pridem probatis aggregantur, nec rubor[6] inter comites[7] adspici. Gradus quin etiam ipse comitatus habet, judicio ejus quem sectantur; magnaque et comitum æmulatio[8], quibus primus apud principem suum locus, et principum, cui plurimi et acerrimi comites. Hæc[9] dignitas, hæ vires, magno semper electorum juvenum globo circumdari; in pace decus, in bello præsidium. Nec solum in sua gente cuique, sed apud finitimas quoque civitates id nomen, ea gloria[10] est, si numero ac virtute comitatus[11] emineat: expetuntur enim legationibus et muneribus ornantur, et ipsa[12] plerumque fama bella profligant.

[1] **Nihil rei** = *nullam rem* (Ragon, *Gr. lat.*, § 255, rem. 2, et Riemann, *Synt. lat.*, § 51, rem. 1). — *Nisi armati*. La loi salique ordonnait à plusieurs reprises d'apporter ces armes dans les réunions publiques. — Tite-Live (21, 20) rapporte la même chose des Gaulois: *In his nova terribilisque species visa est quod armati (ita mos gentis) in concilium venerunt.*

[2] **Moris** (s.-e. *est*) équivaut à *mos est*, qui est plus ordinaire. Cf. 15: *mos est civitatibus*. On trouve aussi *mos est* ou *moris est* avec *ut* au lieu de l'infinitif.

[3] **Suffecturum**, suppléez *armis gerendis*: avant que la cité ait reconnu qu'il sera capable de les porter. — *Probaverit*. Tacite emploie le subjonctif avec *antequam* pour marquer une action qui se répète. Cf. *Ann.*, XV, 74: *Deum honor principi non ante habetur quam agere inter homines desierit*.

[4] **Hæc, hic**, les pronoms neutres *id, hoc, illud, quod*, s'accordent souvent avec le substantif attribut (Ragon, *Gr. lat.*, 358). — *Toga*, c'est

chez eux la robe virile, c.-à-d. cette cérémonie place le jeune homme au nombre des citoyens comme à Rome la robe virile. D'après les lois de certaines nations germaniques cette remise des armes devait se faire lorsque le jeune homme avait atteint quinze ans. C'est de là que semble venir l'usage si répandu plus tard d'armer chevalier. — *Mox*, ensuite. Cf. 10, note 4.

[5] **Dignationem principis** peut signifier: la dignité de chef ou la faveur, la considération du chef de la cité. Mais le second sens paraît mieux expliquer ce qui suit: ces jeunes gens sont rangés, par préférence, dans la suite du prince parmi les guerriers plus âgés et déjà éprouvés.

[6] **Rubor** au lieu de *rubori*: le nominatif au lieu du datif de destination ou d'effet. Cf. *Agricola*, 6: *idque matrimonium ad majora nitenti decus ac robur fuit*. VIRG., *Égl*. III, 101: *Amor exitium est*, pour *exitio est* (*Gr. lat.*, § 283, rem. 3). On trouve même (*Germanie*, 44) le double datif de destination remplacé d'une façon tout à fait insolite par un nominatif accompagné d'un adjectif: *regia utilitas est* pour *regibus utilitati est*.

[7] **Comites**, compagnons, gens de la suite du prince. On voit dans cet usage l'origine des leudes ou vassaux et l'explication des liens de fidélité qui les rattachaient à leur seigneur.

[8] **Æmulatio quibus**, il y a entre les compagnons une grande émulation pour avoir la première place. — *Locus*, s.-e. *sit*, et *sint* après *comites*. Le verbe *esse* se sous-entend en latin, mais rarement au subjonctif, au moins chez Cicéron. Tacite l'omet souvent à ce mode, surtout lorsque suit un autre subjonctif. Cf. 19: *Ne ulla cogitatio ultra (sit), ne ament*.

[9] **Hæc, hæ**. Cf. 19, note 4. Un peu plus bas, dans *id nomen, ea gloria*, *id* et *ea*, qui s'accordent aussi par attraction, annoncent la proposition commençant par *si*.

[10] **Nomen, gloria**. Pléonasme. Le plus souvent en pareil cas le second mot est plus spécial ou plus expressif, de manière à renchérir sur l'autre. Cf. 2, note 10.

[11] **Comitatus**: génitif; *emineat* a pour sujet *quisque* sous-entendu.

[12] **Ipse** précise et par conséquent restreint: par lui-même, sans secours étranger, seul. En grec αὐτός a le même sens: *Iliade*, VIII, 99: αὐτός περ ἐών, quoique n'étant que lui, c.-à-d. quoique seul. Cf. 43, *ipsa formidine*. — *Plerumque* a souvent chez Tacite le sens de *sæpe*. Cf. 8, note 9. Plus bas, *plerique* équivaut à *multi*.

14. Cum ventum in aciem, turpe principi virtute vinci, turpe comitatui virtutem principis non adæquare. Jam vero[1] infame in omnem vitam ac probrosum superstitem[2] principi suo ex acie recessisse: illum defendere, tueri[3], sua quoque fortia facta gloriæ ejus assignare præcipuum sacramentum est; principes pro victoria pugnant, comites pro principe. Si civitas in qua orti sunt longa pace et otio torpeat[4], plerique nobilium adolescentium petunt ultro[5] eas nationes, quæ tum bellum aliquod gerunt, quia et ingrata[6] genti quies et facilius inter ancipitia[7] clarescunt magnumque comitatum non nisi vi belloque tueare[8]. Exigunt[9] enim principis sui liberalitate illum[10] bellatorem equum, illam cruentam victricemque frameam; nam[11] epulæ et quanquam incompti, largi tamen apparatus pro stipendio cedunt. Materia munificentiæ per bella et raptus. Nec arare terram, aut exspectare annum[12] tam facile persuaseris[13] quam vocare hostem et vulnera mereri. Pigrum quin imo et iners videtur sudore acquirere quod possis sanguine[14] parare.

[1] **Jam vero** indique une gradation énergique: en français, *mais*.

[2] **Superstitem**. César, *B. G.*, III, 22: *Neque adhuc hominum memoria repertus est quisquam, qui, eo interfecto cujus se amicitiæ devovisset, recusaret mori*. Ce dévouement héroïque était donc commun aux Germains et aux Gaulois.

[3] **Defendere, tueri**: l'asyndète marque la gradation; *defendere*, le défendre lorsqu'il est attaqué; *tueri*, avoir l'œil fixé, veiller sur lui pour écarter les dangers possibles. — *Præcipuum*. Cf. 6, note 18 et 7, note 7.

[4] **Torpeat**: le subjonctif pour marquer le fait qui se répète, comme au chap. 10, *si publice consultetur*. — *Plerique*. Cf. 13, note 12.

[5] **Ultro**, d'eux-mêmes, de leur propre mouvement.

[6] **Ingrata**, s.-e. *est*. Cf. 13, note 8.

[7] **Ancipitia**, les choses dont l'issue est double, c.-à-d. incertaine, les hasards de la guerre.

[8] **Tueare**, comme *instes*, ch. 6. (Ragon, *Gr. lat.*, 373.)

[9] **Exigunt** a pour sujet *comites* contenu dans le collectif *comitatus*.

[10] **Illum, illam**: sens emphatique (*Gr. lat.*, 352, rem. 2). — *Bellatorem*: les substantifs en *tor*, employés comme adjectifs, marquent la destination, l'habitude.

[11] **Nam**, car les repas ne sont pas des présents gratuits, mais sont dus à titre de solde. — *Pro stipendio cedere*, tenir lieu de solde.

[12] **Annum**, ce que produit une année, la récolte. Ce mot est poétique en ce sens. STACE, *Sylv.*, IV, 2: *Nilus magnum inducit annum.* Cf. *Agricola*, 31.

[13] **Persuaseris**, et plus bas *possis*: cf. note 8. — *Vocare* au lieu de *provocare*; Tacite aime à employer le simple pour le composé: il met ainsi en relief la valeur étymologique du mot et ajoute de l'énergie au style. Cf. *Annales*, XIII, 55, *vocare* pour *invocare*: *sidera vocans*. — *Mereri*. L'emploi de ce verbe est justifié, car les blessures sont un titre d'honneur: «gagner de glorieuses blessures».

[14] **Sudore, sanguine**. Allitération qui accentue le trait final. Tacite, en habile styliste, aime à achever son paragraphe par un trait qui le résume et le grave dans l'esprit du lecteur.

15. Quoties bella non ineunt, non multum venatibus[1], plus per otium transigunt, dediti somno ciboque, fortissimus[2] quisque ac bellicosissimus nihil agens, delegata domus et penatium[3] et agrorum cura feminis senibusque et infirmissimo cuique ex familia: ipsi hebent, mira diversitate[4] naturæ, cum iidem homines sic ament inertiam et oderint quietem. Mos est[5] civitatibus ultro ac viritim conferre principibus vel armentorum[6] vel frugum, quod pro honore acceptum etiam necessitatibus subvenit. Gaudent præcipue finitimarum gentium donis, quæ non modo a singulis, sed et[7] publice mittuntur, electi equi, magna arma, phaleræ torquesque[8]. Jam et pecuniam accipere docuimus.

[1] **Venatibus**: l'ablatif de manière s'emploie rarement sans qualificatif, sauf dans un nombre déterminé d'expressions toutes faites. — César semble contredire ce que dit ici Tacite: *Bell. Gall.*, VI, 21: *Vita omnis in venationibus consistit*; mais chez Tacite il ne s'agit peut-être que des *comites*, gens d'un certain rang. — *Per otium*. Remarquez la variété d'expression: Cicéron recherche la symétrie, Tacite la fuit le plus souvent. — *Plus transigunt*, s.-e. *ætatis*.

[2] **Fortissimus quisque**, et plus bas *infirmissimo cuique*. Cf. Ragon, *Gr. lat.*, 369.

[3] **Penates**, l'intérieur, le ménage.

[4] **Mira diversitate**. Tacite semble oublier que, selon une idée chère à l'antiquité, une certaine paresse pour ce qui concerne les occupations matérielles est sœur de la liberté et du courage. C'était l'avis de Socrate lui-même, qui donnait pour exemple les Indiens, paresseux mais libres, et les Lydiens, travailleurs mais esclaves.

[5] **Mos est**: cf. 13, note 2. — *Ultro ac viritim*: chacun offre sa contribution volontairement et pour son propre compte, sans qu'il soit besoin de collecteur. Cf. 29, *nec publicanus (eos) atterit*.

[6] **Armentorum vel frugum**: il faut suppléer *aliquid* avec ce génitif, à moins qu'on ne le fasse dépendre de *quod*. Cf. 18: *Armorum aliquid*.

[7] **Sed et**: cf. 35, note 5. — *Publice*, au nom de la cité, comme au chapitre 10, *si publice consultetur*.

[8] **Phaleræ torquesque**. Les phalères étaient des ornements en métal en forme de médaillon, que les soldats portaient sur la poitrine, les chevaux sur le poitrail; les *torques* étaient des ornements en forme d'anneau ou de chaîne, qu'on portait au cou ou au bras.

16. Nullas Germanorum populis[1] urbes habitari satis notum est, ne pati quidem inter se junctas sedes. Colunt discreti ac diversi[2], ut fons, ut campus, ut nemus placuit. Vicos locant non in[3] nostrum morem connexis et cohærentibus ædificiis: suam quisque domum spatio circumdat, sive adversus casus ignis remedium[4], sive inscitia ædificandi. Ne cæmentorum quidem apud illos aut tegularum usus: materia[5] ad omnia utuntur informi et citra[6] speciem aut delectationem. Quædam loca[7] diligentius illinunt terra ita pura ac splendente, ut picturam[8] ac lineamenta colorum imitetur. Solent et[9] subterraneos specus aperire eosque multo insuper fimo onerant, suffugium[10] hiemis et receptaculum frugibus, quia rigorem frigorum ejusmodi loci molliunt, et si quando hostis advenit[11], aperta populatur, abdita autem et defossa aut ignorantur aut eo ipso fallunt, quod quærenda sunt[12].

[1] **Populis**: datif. Dans la prose classique le datif ne s'emploie ainsi avec le passif qu'aux formes composées du participe, mais les poètes et les prosateurs de la décadence l'emploient avec une forme quelconque du passif. Il y a d'ailleurs entre le sens de ce datif et celui de l'ablatif avec *ab* une différence assez sensible. Cf. Ragon, *Gr. lat.*, 293, rem., et Riemann, *Synt. lat.*, § 46 (c). — *Urbes*. Il s'agit de villes véritables comme il y en avait en Italie. Car César et Tacite lui-même parlent d'agglomérations assez considérables qui pouvaient passer pour des villes au sens large du mot.

[2] **Discreti ac diversi**, leurs maisons sont isolées et éparses au hasard sans souci de la symétrie, comme aujourd'hui dans les pays de montagnes.

[3] **In**, dans le sens de c.-à-d., conformément à, selon.

[4] **Sive remedium, sive inscitia**, le premier à l'accusatif comme apposition à toute la phrase (Gantrelle, *Gramm. de Tacite*, § 75), le second à l'ablatif de cause.

[5] **Materia**, le bois. — *Informi*, non pas simplement informe, brut, mais disgracieux, employé sans souci de la beauté.

[6] **Citra**, en deçà de; par conséquent, sans aller jusqu'à (Ovide, *Trist.*, 5, 8, 23: *Citra scelus*), puis par extension comme ici: sans.

[7] **Quædam loca**, certaines parties des parois à l'intérieur ou à l'extérieur.

[8] **Picturam et lineamenta colorum**. On change quelquefois *colorum* en *corporum* et on explique *imitari* par refléter comme un miroir; mais cette explication peu naturelle est difficile à admettre. Tacite veut dire que cet enduit de terre remplaçait et imitait, de loin sans doute, la peinture et les dessins au trait qui ornaient les maisons romaines. La chaux surtout devait être employée ainsi que des terres colorées de diverses nuances.

[9] **Et** a assez souvent chez Tacite le sens de *etiam* (*et jam*), aussi. Il se rattache ici à *subterraneos specus*. Il est souvent précédé de *jam*. Cf. *Agricola*, 30: *Postquam defuere terræ, jam et mare scrutantur*.

[10] **Suffugium** avec le génitif *hiemis*, comme 46, *imbrium suffugium*. Tacite emploie très hardiment le génitif objectif. Ainsi *Ann.*, I, 46: *Vulgi largitione*, pour *in vulgus*.

[11] **Advenit** au parfait marque la répétition.

[12] **Eo ipso fallunt quod quærenda sunt**. Une de ces pointes qui flattaient le goût de l'époque.

17. Tegumen omnibus sagum[1] fibula aut, si desit, spina consertum: cetera intecti[2] totos dies juxta focum atque ignem agunt. Locupletissimi veste distinguuntur non fluitante[3], sicut Sarmatæ ac Parthi, sed stricta et singulos artus exprimente. Gerunt et ferarum pelles, proximi ripæ[4] negligenter, ulteriores exquisitius, ut quibus[5] nullus per commercia cultus. Eligunt[6] feras et detracta velamina spargunt maculis pellibusque[7] belluarum, quas exterior Oceanus[8] atque ignotum mare gignit. Nec alius feminis quam viris habitus[9], nisi quod feminæ sæpius lineis amictibus velantur eosque purpura[10] variant, partemque vestitus superioris in manicas[11] non extendunt, nudæ brachia ac lacertos[12]; sed et[13] proxima pars pectoris patet.

[1] **Sagum**. Cette sorte de manteau consistait en un simple carré d'étoffe suspendu à l'épaule par les deux extrémités supérieures; il ne

couvrait donc que le dos et une partie de la poitrine. Ce vêtement est ici assimilé au *sagum* des soldats romains, moins à cause de sa forme qu'à cause de la matière dont il était fait et de sa couleur. — *Si desit*: cf. 14, note 4.

[2] **Cetera**: acc. de relation qui dépend de *intecti*: pour le reste, c.-à-d. à cela près. Cf. Salluste: *Cetera ignarus*, et Tite-Live: *cetera egregius*. Traduisez: «sans autre vêtement». — *Totos dies*: acc. de durée; *agunt* seul signifie passer le temps, vivre.

[3] **Fluitante**. Nous disons de même un vêtement *flottant*. — *Stricta*: serré, collant, de manière à mouler tous les membres.

[4] **Proximi ripæ**: les plus voisins des rives du Danube et du Rhin, c.-à-d. les plus rapprochés des Romains. Ces Germains, connaissant et appréciant les étoffes importées chez eux, portaient avec indifférence les peaux de bêtes lorsqu'ils étaient réduits à s'en servir, tandis que les plus éloignés, ne pouvant se procurer des vêtements plus élégants, y mettaient plus de recherche.

[5] **Ut quibus**: cf. 2, note 15, et 22, note 4. — *Cultus*: cf. 6, note 7.

[6] **Eligunt**: ils ne prennent pas au hasard, ils choisissent les animaux qui ont la plus belle fourrure.

[7] **Maculis pellibusque**: hendiadyn. Cf. 7, note 5, et 25, note 7. Ils les parsèment de taches, c.-à-d. de touffes de poils de couleur différente confectionnées avec les dépouilles d'autres animaux.

[8] **Exterior Oceanus atque ignotum mare** désignent la même chose. Il s'agit des mers qui s'étendent au nord de la Germanie et que l'insuffisance des renseignements géographiques ne permettait pas à Tacite de désigner autrement. Voyez au lexique *Oceanus*.

[9] **Habitus** ne désigne pas seulement le vêtement, mais d'une façon générale tout ce qui contribue à modifier l'aspect, l'extérieur, ou cet extérieur même. — *Nisi quod*: cf. 29, note 11.

[10] **Purpura**: ce n'est sans doute pas la pourpre proprement dite, connue des Romains, mais une teinture rouge quelconque.

[11] **In manicas**, en forme de manches. Notez l'acc. avec *extendere*. Cf. 20: *in hos artus excrescunt*.

[12] **Brachia et lacertos**: accusatifs de relation marquant une idée d'extension. — *Brachium* ordinairement désigne tout le bras; ici seulement l'avant-bras. *Lacertus*, le bras du coude à l'épaule.

[13] **Sed et**: cf. 35, note 5. — *Patet*. La partie de la poitrine la plus rapprochée de la tête et des épaules, c.-à-d. la partie supérieure, est à découvert.

18. Quanquam[1] severa illic matrimonia, nec ullam morum partem magis laudaveris. Nam prope soli barbarorum singulis[2] uxoribus contenti sunt, exceptis admodum paucis, qui non libidine[3], sed ob nobilitatem plurimis nuptiis ambiuntur. Dotem non uxor marito, sed uxori maritus[4] offert. Intersunt parentes et propinqui ac munera probant, non ad delicias muliebres[5] quæsita nec quibus nova nupta comatur, sed boves et frenatum equum et scutum cum framea gladioque. In[6] hæc munera uxor accipitur, atque invicem ipsa armorum aliquid[7] viro affert. Hoc maximum vinculum, hæc arcana sacra, hos conjugales deos arbitrantur. Ne se mulier extra virtutum cogitationes extraque bellorum casus putet, ipsis incipientis matrimonii auspiciis admonetur venire se laborum periculorumque sociam, idem[8] in pace, idem in prœlio passuram ausuramque: hoc juncti boves, hoc paratus equus, hoc data arma denuntiant; sic vivendum[9], sic pereundum; accipere se quæ[10] liberis inviolata ac digna reddat, quæ nurus accipiant rursusque ad nepotes referantur.

[1] **Quanquam**, cependant (*Gr. lat.*, 499, rem.). Ce sens est rare chez Tacite (*Dialog.*, 28–33). Sur l'autre emploi de *quanquam*, cf. 28, note 16.

[2] **Singulis**, une pour chacun. Cet usage n'était pas sans exception, comme l'avoue Tacite lui-même. Les premiers rois francs eurent souvent plusieurs épouses et il fallut leur conversion au christianisme pour extirper la polygamie.

[3] **Non libidine**, non par libertinage. Le sens s'oppose à ce que cet ablatif soit rattaché à *ambiuntur*, il faut suppléer un autre verbe. C'est la figure de style, assez fréquente chez Tacite, qu'on appelle zeugma. — *Nuptiis*: datif d'intérêt (*Gr. lat.*, § 280). — *Plurimis* a un sens affaibli: plusieurs. Cf. 13, note 12, et 14, note 4.

[4] **Non uxor marito, sed uxori maritus**. Remarquez la disposition des mots: c'est la figure appelée *entrecroisement*, fréquente chez Tacite. — Tout ce chapitre, comme le suivant, est une satire à peine dissimulée des mœurs romaines.

[5] **Delicias muliebres**, la vaine parure des femmes. La proposition qui suit exprime la même idée.

[6] **In hæc munera**, contre, c.-à-d. à la condition de, en échange de, comme en grec ἐπὶ τούτοις.

[7] **Armorum aliquid**, une arme quelconque, spécialement une épée. Cf. 15, note 6. — *Hoc, hæc, hos*: cf. 13, note 4.

[8] Remarquez les anaphores fréquentes à la fin de ce chapitre: *idem, hoc, sic, quæ* sont répétés. Visiblement Tacite est entraîné par le tableau de ces mœurs viriles.

[9] **Vivendum (esse)** dépend de *denuntiant*; — *accipere* est suivi du réfléchi se parce que l'idée contenue dans *admonetur* se poursuit jusqu'à la fin de la phrase.

[10] **Quæ**: il s'agit moins des objets eux-mêmes que des sentiments qu'ils symbolisent. Le second *quæ* ne dépend pas de *digna*; un troisième *quæ* est à sous-entendre comme sujet de *referantur* et se tire du second qui est complément.

19. Ergo sæpta pudicitia[1] agunt, nullis spectaculorum illecebris, nullis conviviorum irritationibus corruptæ. Litterarum secreta[2] viri pariter ac feminæ ignorant. Paucissima in tam numerosa gente adulteria, quorum pœna præsens[3] et maritis permissa: accisis crinibus, nudatam coram propinquis expellit domo maritus ac per omnem vicum verbere agit. Publicatæ enim pudicitiæ[4] nulla venia: non forma, non ætate, non opibus maritum invenerit. Nemo enim illic vitia ridet, nec corrumpere et corrumpi sæculum[5] vocatur. Melius[6] quidem adhuc eæ civitates in quibus tantum virgines nubunt et cum spe votoque uxoris semel transigitur[7]. Sic unum accipiunt maritum quomodo unum corpus unamque vitam, ne ulla cogitatio ultra[8], ne longior cupiditas, ne tanquam maritum, sed tanquam matrimonium ament. Numerum liberorum finire[9] aut quemquam ex agnatis[10] necare flagitium[11] habetur, plusque ibi boni mores valent quam alibi[12] bonæ leges.

[1] **Sæpta pudicitia**, leur vertu est comme entourée, c.-à-d. défendue, protégée par les mœurs et les institutions. — *Agunt*: cf. 17, note 2.

[2] **Litterarum secreta**, non pas en général l'art de se faire comprendre au moyen de signes appelés lettres, c.-à-d. l'écriture, mais les correspondances secrètes: *litteræ* équivaut à *epistolæ*. Ici la satire des mœurs romaines devient presque directe.

[3] **Præsens**, immédiate, qui n'attend pas les délais de la procédure.

[4] **Publicatæ pudicitiæ nulla venia**, point de pardon pour celle qui prostitue son honneur.

[5] **Sæculum**, les mœurs du siècle. Traduisez: «ne s'appelle pas vivre selon le siècle, ou être de son temps».

[6] **Melius**, s.-e. *agunt*. Cf. *Ann.*, I, 43: *Melius et amantius ille qui gladium offerebat.*

[7] **Semel transigitur**: on en finit une fois pour toutes avec... Ainsi la mort même d'un époux ne rendait pas au survivant sa liberté et n'autorisait pas les secondes noces. Tacite songe aux Romains, pour qui le divorce, introduit dans les lois et dans les mœurs, réduisait le mariage à n'être qu'une formalité, révocable presque sans motif.

[8] **Ultra**, s.-e. *sit*. Cf. 13, note 8.

[9] **Finire numerum**, limiter le nombre.

[10] **Agnatis**, litt., qui naît en sus, c.-à-d. nouveau-né qui vient grossir le nombre des enfants déjà existants.

[11] **Flagitium habetur**: en réalité le père avait droit de vie et de mort sur ses enfants, mais sans doute on considérait comme un crime honteux d'en user contre les nouveau-nés.

[12] **Alibi**: à Rome sans doute, où on avait dû, pour arrêter la dissolution croissante de la famille, attribuer par des lois des récompenses aux citoyens pères de plusieurs enfants.

20. In omni[1] domo nudi ac sordidi in hos artus[2], in hæc corpora, quæ miramur, excrescunt. Sua quemque mater uberibus alit, nec ancillis aut nutricibus[3] delegantur. Dominum ac servum nullis educationis deliciis[4] dignoscas; inter eadem pecora, in eadem humo degunt, donec ætas separet[5] ingenuos, virtus agnoscat. Sera juvenum venus, eoque inexhausta pubertas[6]. Nec virgines festinantur[7]; eadem juventa, similis proceritas: pares validæque[8] miscentur, ac robora parentum liberi referunt. Sororum filiis idem apud avunculum qui[9] ad patrem honor. Quidam sanctiorem arctioremque hunc nexum sanguinis arbitrantur et in accipiendis obsidibus magis exigunt[10], tanquam[11] et animum firmius et domum latius teneant. Heredes tamen successoresque sui cuique liberi, et nullum testamentum[12]. Si liberi non sunt, proximus gradus in possessione[13] fratres, patrui, avunculi. Quanto plus propinquorum[14], quanto major affinium numerus, tanto gratiosior senectus; nec ulla orbitatis pretia.

[1] **Omni**: chez les pauvres comme chez les riches. Cf. plus loin: *donec ætas separet ingenuos*. — *Nudi ac sordidi*: il s'agit des jeunes enfants, à peine vêtus; ils étaient facilement malpropres.

[2] **In hos artus**: cf. 17, note 11. — *Miramur*. Les Romains avaient souvent l'occasion de voir des Germains à Rome même, en qualité de soldats ou d'esclaves.

[3] **Nutricibus**: le contraire se faisait à Rome, et Tacite (*Dial. Or.*, 29) déplore explicitement les funestes effets de cette coutume sur l'éducation: *At nunc infans delegatur græculæ alicui ancillæ*, etc.

[4] **Deliciis**, délicatesse, raffinements.

[5] **Donec separet**. Tacite emploie volontiers le subjonctif présent après *donec* pour marquer la répétition de l'action. Cf. 1, note 10. — *Separet, agnoscat*. L'âge met à part les jeunes gens libres, mais c'est le courage seul qui les désigne comme vraiment tels. Ici la vertu est personnifiée. Cf. 34, note 6.

[6] **Sera... pubertas**, «une longue ignorance de la volupté assure aux garçons une jeunesse pleine de vigueur».

[7] **Festinantur**. On ne hâte pas leur mariage.

[8] **Pares validæque** insiste sur l'idée précédente. Elles s'unissent lorsque l'âge les a faites également vigoureuses, comme s'il y avait: *pares ætate pariterque validæ*.

[9] **Idem qui**: cf. Ragon, *Gr. lat.*, 337, rem. — *Ad patrem* équivaut à *apud patrem*.

[10] **Magis exigunt**, c.-à-d. *hujusmodi obsides, sororum filios*.

[11] **Tanquam**, chez Tacite, indique souvent la cause telle qu'elle est envisagée par les gens dont il s'agit: «dans la pensée que», en grec ὡς avec le participe. — *Latius*: les engagements s'étendent ainsi à plus de personnes. — *Domum*: cf. 21, note 3.

[12] **Et nullum testamentum**. Il y avait des coutumes et plus tard des lois qui réglaient la transmission des biens, mais ces lois ne faisaient que consacrer les droits naturels des parents. — Sur *et* suivi de la négation, cf. 28, note 5.

[13] **Possessione**, prise de possession. Ce mot se rattache non seulement à *possideo*, être en possession, mais aussi à *possido*, se rendre maître de.

[14] **Propinqui**, parents par le sang; *affines*, parents par alliance. — *Orbitatis pretia*: il n'y a aucun avantage à n'avoir pas d'héritier direct, tandis qu'à Rome les vieillards riches et sans enfants étaient entourés des soins et des respects d'une foule de gens attentifs à capter leur héritage. Beaucoup d'auteurs latins ou grecs nous dépeignent le cynisme avec lequel se pratiquait cette chasse aux testaments.

21. Suscipere tam inimicitias seu patris seu propinqui quam amicitias necesse est[1]. Nec[2] implacabiles durant: luitur enim etiam homicidium certo armentorum ac pecorum numero[3] recipitque satisfactionem universa domus, utiliter in publicum[4], quia periculosiores sunt inimicitiæ juxta libertatem[5]. Convictibus et hospitiis[6] non alia gens effusius indulget. Quemcumque mortalium arcere tecto nefas habetur; pro fortuna[7] quisque apparatis epulis excipit. Cum defecere[8], qui modo hospes fuerat, monstrator hospitii et comes; proximam domum non invitati adeunt. Nec interest: pari humanitate accipiuntur. Notum ignotumque quantum ad[9] jus hospitis nemo discernit. Abeunti, si quid poposcerit, concedere moris[10]; et poscendi invicem eadem facilitas. Gaudent muneribus, sed nec data imputant[11] nec acceptis obligantur: vinculum inter hospites comitas.

[1] **Necesse est**: ils regardent cette coutume comme fondée sur le droit naturel au même titre que les successions.

[2] **Nec**, de même que *et*, a souvent le sens adversatif; ici il équivaut à *neque tamen*.

[3] **Certo numero**: cf. 12, note 7. — *Domus*, dans le sens de «famille» comme au ch. 20.

[4] **In publicum**: cf. 5, note 2.

[5] **Juxta libertatem** = *apud liberos homines*. En prose classique, *juxta* ne s'emploie guère que pour signifier «près de», et au propre. Cf. ch. 30, encore un autre sens non classique et un emploi spécial à Tacite *juxta formidinem*.

[6] **Convictibus et hospitiis**. Le premier mot s'applique aux rapports avec voisins et amis, le second, aux relations d'hospitalité avec les étrangers. On remarque les mêmes coutumes à l'origine de toutes les civilisations; la Bible, Homère nous montrent déjà la même hospitalité cordiale: bienveillance dans l'accueil, présents au départ, respect de l'hôte comme d'un être sacré.

[7] **Pro fortuna**, selon sa fortune. *Apparatus* seul signifie bien apprêté. Tite-Live, XXIII, 4: *apparatis accipere epulis*.

[8] **Cum defecere**, s.-e. *epulæ*. — *Monstrator*, s.-e. *fit*.

[9] **Quantum ad**, pour ce qui est de, quant à, au lieu du classique *quod attinet ad*. Cette expression, qui se retrouve, *Histoires*, V, 10 et *Agricola*, 44, est déjà dans Ovide.

[10] **Moris**, s.-e. *est*. Cf. 14, note 2.

[11] **Imputant**, litt., porter quelque chose en ligne de compte; ici, se faire un titre à la reconnaissance.

22. Statim e[1] somno, quem plerumque in diem[2] extrahunt, lavantur[3], sæpius calida, ut apud quos[4] plurimum hiems occupat. Lauti cibum capiunt; separatæ singulis sedes[5] et sua cuique mensa. Tum ad negotia nec minus sæpe ad convivia procedunt armati. Diem noctemque[6] continuare potando nulli probrum. Crebræ, ut inter vinolentos[7], rixæ raro conviciis[8], sæpius cæde et vulneribus transiguntur. Sed et de reconciliandis invicem[9] inimicis et jungendis affinitatibus et adsciscendis principibus, de pace denique ac bello plerumque in conviviis consultant, tanquam[10] nullo magis tempore aut ad simplices[11] cogitationes pateat animus aut ad magnas incalescat. Gens non astuta nec callida aperit adhuc[12] secreta pectoris licentia joci. Ergo detecta et nuda[13] omnium mens postera die retractatur[14], et salva utriusque temporis ratio est[15]: deliberant dum fingere nesciunt, constituunt dum errare non possunt.

[1] **Ex** signifie souvent au sortir de, immédiatement après. César, *Bell. Civ.*, I, 22, 4, *ex prætura*. Ce sens peut être précisé comme ici par *statim*. Cf. *Ann.*, XV, 69, *ex mensa*.

[2] **Plerumque**: cf. 13, note 12. — *In diem*, jusque dans le jour, et non pas jusqu'au jour, sens que *in* a quelquefois à l'époque impériale. Quintilien, 8, 3, 68: *usque in illum diem*. Cf. 45, *in ortum*, et la note.

[3] **Lavantur**: forme passive qu'on peut rattacher à une voix moyenne (Ragon, *Gr. lat.*, 409, et Riemann, *Synt. lat.*, § 133, a 1°). *Calida*, s.-e. *aqua*.

[4] **Ut apud quos**: cf. 2, note 15. Cette proposition relative marquant la cause devrait être construite avec le subjonctif (Ragon, *Gr. lat.*, 503, 3°). L'exception, qu'on rencontre quelquefois, est une construction incorrecte (Riemann, *Synt. lat.*, § 221, rem. II et note 3). On propose d'ailleurs *occupet* au lieu de *occupat*, mais déjà au ch. XVIII, dans *ut quibus nullus per commercia cultus*, il semble bien qu'on doive sous-entendre *est*, et non pas *sit*. — *Plurimum*, s.-e. *temporis* ou *anni*.

[5] **Separatæ sedes**. Tacite, comme on peut s'y attendre chez un écrivain qui peint un peuple étranger, signale surtout les détails de mœurs qui s'écartent le plus des habitudes de son pays. Chez les Romains la salle à manger contenait trois lits, sur chacun desquels trois et quelquefois quatre convives prenaient place. Horace, *Sat.*, I, IV, 86: *Sæpe tribus lectis videas cenare quaternos*. — *Sua cuique mensa*. C'était sans doute moins une table qu'un simple plateau sur lequel chacun mettait sa part du repas. Cf. l'allemand *Tisch*, qui vient du latin *discus*.

[6] **Diem noctemque**, un jour entier et la nuit suivante, comme l'indique le verbe *continuare*.

[7] **Ut inter vinolentos**: cf. 2, note 15. — *Vinolentus* désigne l'état d'ivresse en général, car nous voyons au commencement du chapitre suivant que les Germains s'enivraient avec autre chose que du vin.

[8] **Raro conviciis**: les injures sont le fait d'un homme qui n'ose en venir aux mains, d'un poltron. Dans les *Niebelungen* on lit: «Il ne convient pas à des guerriers de se blesser avec des paroles à la manière des vieilles femmes.» — *Transigitur*. cf. 19, note 7.

[9] Proprement, *invicem* ne signifie que *tour à tour*; mais à l'époque impériale on l'emploie fréquemment pour marquer la réciprocité au lieu de *inter se*. Cf. 37, *multa invicem damna*.

[10] **Tanquam**, dans la conviction que. Cf. 20, note 11.

[11] **Simplices** (de *sim*, «un», comme dans *semel, singuli*, et *plico*), litt., qui n'a qu'un pli, sans détour, franc, ouvert.

[12] **Adhuc**, si on le rapporte à *aperit*, signifie «jusqu'ici», Tacite voulant dire qu'à l'époque où il écrit, ce peuple n'a pas encore appris l'art de dissimuler; mais il vaut mieux le rattacher à *secreta*: des choses restées cachées jusqu'alors. Un commentateur allemand, qui voit partout de l'ironie, prend le contrepied de cette pensée (cf. Introduction), et cite non sans quelque apparence de raison Velleius Paterculus, 118, qui appelle les Germains *natum mendacio genus*.

[13] **Detecta et nuda omnium mens**. CORNEILLE, *Théodore*, II, II: «Voilà pour vous montrer mon âme toute nue.» RACINE, *Britannicus*, II, II: «Mais je t'expose ici mon âme toute nue.»

[14] **Retractatur**. Les idées exprimées en toute franchise durant le festin sont de nouveau discutées.

[15] **Salva utriusque temporis ratio est**. Ce qui convient dans les deux cas (la délibération et la décision) est ainsi sauvegardé.

---

23. Potui humor ex[1] hordeo aut frumento in quamdam similitudinem vini corruptus[2]; proximi ripæ[3] et vinum mercantur. Cibi simplices: agrestia poma[4], recens fera[5], aut lac concretum: sine apparatu, sine blandimentis[6] expellunt famem. Adversus sitim non eadem[7] temperantia: si indulseris[8] ebrietati suggerendo quantum concupiscunt, haud minus facile[9] vitiis quam armis vincentur.

[1] **Ex** marque la matière dont une chose est faite (*Gr. lat.*, 250).

[2] **Corruptus** n'a pas ici un sens défavorable: altéré, c.-à-d. fermenté. On voit assez qu'il s'agit d'une sorte de bière. — *In similitudinem vini*,

non pas à la manière du vin, mais de façon à ressembler à du vin. Sur *in* marquant le résultat ou l'intention, voir des exemples dans Draeger, § 80. Cf. 38: *in altitudinem quamdam et terrorem... ornantur*; et 17, note 11; 24, note 3.

[3] **Proximi ripæ**. Il s'agit des rives du Rhin et du Danube. Cf. 5, note 13.

[4] **Agrestia poma**. De même que *frugifera arbor* (10, note 3) signifie toute espèce d'arbre qui porte des fruits, ici *poma* désigne des fruits ou productions sauvages de toute espèce, des noix ou des baies, peut-être même certains légumes sauvages.

[5] **Recens fera**, venaison fraîche. — *Lac concretum*, lait caillé ou peut-être le lait à tous les états où il peut être rangé parmi les *cibi* que Tacite énumère ici par opposition à la boisson.

[6] **Sine blandimentis**, sans tous les raffinements inventés pour réveiller l'appétit paresseux, ce que Salluste appelle *irritamenta gulæ*.

[7] **Eadem**: formule de transition que nous avons déjà vue au ch. 4: *non eadem patientia*. Pour la pensée, voir aussi ce chapitre: *minime sitim tolerare, etc.*

[8] **Si indulseris**, si on se prête à.

[9] **Haud minus facile** est une litote, au lieu de *facilius*. Cependant l'affirmation de Tacite est relative: il ne veut pas dire qu'en fait les Germains sont faciles à vaincre (cf. 37), mais il compare seulement les deux moyens qu'on a de les dompter.

24. Genus spectaculorum unum atque in omni cœtu idem: nudi juvenes, quibus id ludicrum[1] est, inter gladios se atque infestas[2] frameas saltu jaciunt. Exercitatio artem paravit, ars decorem, non in quæstum[3] tamen aut mercedem: quamvis[4] audacis lasciviæ pretium est voluptas spectantium. Aleam, quod mirere, sobrii inter seria[5] exercent, tanta lucrandi perdendive temeritate[6], ut, cum omnia defecerunt, extremo ac novissimo[7] jactu de libertate ac de corpore contendant. Victus voluntariam servitutem adit: quamvis juvenior, quamvis robustior, alligari se ac venire[8] patitur. Ea est[9] in re prava pervicacia; ipsi fidem vocant. Servos conditionis hujus per commercia[10] tradunt, ut se quoque[11] pudore victoriæ exsolvant.

[1] **Ludicrum** est attribut de *id*: pour qui c'est un jeu. À Rome on voyait dans les arènes des exercices plus dangereux, mais ils étaient exécutés par de misérables condamnés pour qui ce n'était point un passe-temps.

[2] **Infestas** se rapporte également à *gladios* (*Gr. lat.*, 228): menaçantes, dangereuses par la manière dont elles sont placées. Sidoine Apollinaire, 5, 246: *Intortas præcedere saltibus hastas.* — *Saltu se jacere*: expression plus pittoresque que *saltare*.

[3] **In quæstum**, «en vue d'un gain». Cf. 23, note 2.

[4] **Quamvis** ne signifie pas *quoique* et ne tombe pas sur le verbe à l'indicatif, ce qui serait doublement contraire au bon usage classique (Ragon, *Gr. lat.*, 501, et rem.; Riemann, § 201, 2). Il tombe ici exclusivement sur *audacis*: quelque audacieux que soit. Tacite emploie d'ailleurs *quamvis* dans le sens de quoique avec le subjonctif: cf. *Histoires*, II, 79 et 85.

[5] **Sobrii inter seria**. Cette habitude pouvait étonner les Romains, pour qui ce jeu faisait partie des divertissements d'un festin, quand le vin avait déjà échauffé les têtes.

[6] **Temeritate**, s'exposant avec tant d'audace aux chances de gain ou de perte.

[7] **Extremo ac novissimo**: pléonasme oratoire. Cf. 1, note 9. Mais il n'en est pas de même de *libertate et corpore*: le second mot marque la conséquence du premier, la perte de la liberté entraînait le risque de perdre la vie même dans un pays où le maître pouvait punir l'esclave de mort. Cf. 25: *occidere solent.* — *Jactu*, coup de dés.

[8] **Venire**: inf. de *veneo*, qui sert de passif à *vendo* (*Gr. lat.*, 411).

[9] **Ea est**, telle est.

[10] **Per commercia**. Cf. 17: *nullus per commercia cultus*.

[11] **Quoque**. Les vainqueurs veulent échapper *eux aussi* à la honte de leur victoire, comme le vaincu a voulu échapper en risquant sa liberté à la honte d'une défaite où il avait tout perdu.

---

25. Ceteris[1] servis non in nostrum morem[2] descriptis per familiam ministeriis utuntur: suam quisque sedem, suos penates regit. Frumenti modum[3] dominus aut pecoris aut vestis ut colono injungit, et servus hactenus[4] paret. Cetera[5] domus officia uxor ac liberi exsequuntur. Verberare servum ac vinculis et opere[6] coercere rarum: occidere solent, non disciplina et severitate[7], sed impetu et ira, ut inimicum, nisi quod[8] impune est. Liberti non multum supra servos sunt, raro aliquod momentum[9] in domo, nunquam in civitate[10], exceptis dumtaxat iis gentibus quæ regnantur[11]. Ibi enim et super ingenuos et super nobiles ascendunt: apud ceteros impares libertini[12] libertatis argumentum sunt.

[1] **Ceteris** sert de transition; il s'agit maintenant des esclaves autres que ceux dont il vient d'être parlé. C'étaient des prisonniers de guerre ou des fils d'esclaves.

[2] **In nostrum morem**, à notre manière. Cf. 16, note 3. En effet, les Romains pouvaient distribuer à tout un personnel composé parfois de plusieurs centaines d'esclaves (*familia*) une foule de rôles distincts qui répondaient à autant de besoins créés par le luxe. Les Germains qui n'avaient point de palais et dont la vie était fort simple auraient été plutôt embarrassés de tenir chez eux leurs esclaves. Ces derniers avaient donc leurs habitations sans doute groupées autour de celle du maître et se livraient aux travaux des champs. Ces mœurs, avec les modifications amenées par le christianisme, sont reconnaissables durant tout le moyen âge.

[3] **Modum**, une quantité déterminée. — *Colono*: le colon romain était un homme libre, mais la terre qu'il cultivait ne lui appartenait pas.

[4] **Hactenus** s'emploie tantôt en parlant du lieu (*Agricola*, 16), tantôt en parlant du temps (Virg., *Énéide*, XI, 823), ou comme ici au figuré: à cela se borne son esclavage. Il s'agit, bien entendu, de ce qui se passait habituellement, car l'esclave pouvait en certains cas être mis à mort par son maître.

[5] **Cetera domus officia** ne peut signifier les autres emplois de la maison, puisque Tacite n'en a encore cité aucun; il faut traduire: les autres services, ceux qui se font dans la maison, par opposition à la culture des champs. Ἄλλος a très fréquemment cet emploi, *Odyssée*, I, 132: ἔκτοσθεν ἄλλων μνηστήρων, loin des autres, à savoir des prétendants (Ragon, *Gr. gr.*, 187 *bis*, rem.). — *Uxor et liberi*, s.-e. *domini*.

[6] **Vinculis et opere**, les fers et les travaux forcés. Tacite songe peut-être aux malheureux condamnés à Rome à tourner la meule. — *Coercere*: cf. 11.

[7] **Disciplina et severitate** — *disciplinæ severitate, disciplina severa*. *Impetu et ira* = *impetu iræ*. C'est la figure appelée hendiadyn (ἓν διὰ δυοῖν) qui consiste à réunir par *et* deux substantifs dont l'un précise l'autre et remplace soit un génitif, soit un adjectif.

[8] **Nisi quod** après une proposition affirmative et *nisi* seul après une négation, s'emploient avec l'indicatif pour signifier: si ce n'est que, avec cette restriction que (*Gr. lat.*, 494).

[9] **Momentum**. Les affranchis ont rarement quelque influence. On dit plutôt *momenti esse*; Cicéron dit: *esse maximi ponderis et momenti*. Mais Tacite aime à employer le nominatif attribut au lieu d'un génitif ou

d'un datif avec *esse*; il semble qu'ainsi la relation avec le sujet devienne plus directe. Cf. 13, note 6, et plus bas *argumentum sunt*.

[10] **In civitate**. À Rome, au contraire, des affranchis, tout-puissants auprès des empereurs, tenaient souvent les rênes du gouvernement.

[11] Le passif *regnari* n'appartient pas à la prose classique (Riemann, *Synt. lat.*, § 31, *d*, et la note). Cf. 37, *triumphati*.

[12] **Impares libertini**. Le fait que les affranchis sont au-dessous des citoyens libres est une preuve de liberté chez un peuple. *Impares* joue ici le rôle d'une proposition circonstancielle. — *Libertus*, l'affranchi par rapport à son maître; *libertinus*, l'affranchi considéré dans ses rapports avec l'État, *libertini*, la classe des affranchis.

26. Fenus agitare[1] et in usuras extendere ignotum; ideoque magis servatur[2] quam si vetitum esset. Agri pro numero cultorum ab universis vicis[3] occupantur, quos mox inter se secundum dignationem[4] partiuntur. Facilitatem partiendi camporum spatia præbent. Arva[5] per annos mutant[6], et superest ager. Nec enim cum ubertate et amplitudine soli labore contendunt[7], ut[8] pomaria conserant et prata separent et hortos rigent: sola terræ seges[9] imperatur. Unde annum quoque ipsum non in totidem[10] digerunt species: hiems et ver et æstas intellectum[11] ac vocabula habent, autumni perinde nomen ac bona ignorantur.

[1] **Fenus agitare**. On n'est pas d'accord sur le sens de ce passage. On entend communément: faire valoir un capital et étendre cette opération aux intérêts eux-mêmes, c'est-à-dire prendre l'intérêt de l'intérêt. Après ce qui a été dit au ch. 5 de la rareté de la monnaie en Germanie, cette phrase peut paraître superflue; mais Tacite songe toujours à Rome, où l'usure et les dettes qui en naissaient avaient causé tant de troubles: *Sane vetus urbi malum*, dit-il, *Ann.*, VI, 16.

[2] **Servatur** a pour sujet *non agitare fenus*, l'idée négative étant suggérée par *ignotum*; *vetitum esset* a le même sujet, mais sans négation. On reconnaît encore ici une de ces *pointes* qu'on aimait au temps de Tacite; mais la concision est obtenue aux dépens de la clarté.

[3] **Ab universis vicis**, des communautés entières se déplacent et occupent un espace de terrain plus ou moins grand, soit sans possesseurs, soit nouvellement conquis. — *Mox*: cf. 10, note 4.

[4] **Dignationem**, rang, considération.

[5] **Arva**, la terre cultivée par chacun, s'oppose à *ager*, le territoire entier assigné à la communauté.

[6] **Mutant**: afin de laisser reposer alternativement la terre épuisée par une récolte.

[7] **Contendunt**: ils n'essaient pas, à force de travail, de faire valoir chaque parcelle de terrain et d'en tirer tout ce qu'elle peut produire, comme cela se pratiquait en Italie, où, dès l'époque de Caton, on s'était préoccupé d'obtenir du sol le maximum de rendement.

[8] **Ut** a le sens consécutif: en sorte que, de façon à, au point de.

[9] **Seges**, les céréales.

[10] **Totidem**. Le second membre de la comparaison est sous-entendu. Il s'agit des Romains. — *Species*, formes sous lesquelles l'année se montre à nous, saisons.

[11] **Intellectum**, sens, signification. Ce mot est pris passivement. De même, dans Quintilien, *intellectu carere* = *non intelligi*, être inintelligible.

27. Funerum nulla ambitio[1]: id solum observatur, ut corpora clarorum virorum certis lignis crementur[2]. Struem rogi nec vestibus nec odoribus cumulant: sua cuique arma, quorumdam igni et equus adjicitur. Sepulcrum cæspes erigit[3]: monumentorum arduum et operosum honorem ut[4] gravem defunctis aspernantur. Lamenta ac lacrimas[5] cito, dolorem et tristitiam tarde ponunt[6]. Feminis lugere honestum est, viris meminisse.

Hæc in commune[7] de omnium Germanorum origine ac moribus accepimus. Nunc singularum gentium instituta ritusque, quatenus differant, quæ nationes e Germania in Gallias commigraverint, expediam.

[1] **Ambitio**, faste, désir de briller. À Rome, au contraire, les funérailles se faisaient en grande pompe; on célébrait à cette occasion des jeux funèbres fort somptueux.

[2] **Crementur**. Cet usage de brûler les cadavres paraît relativement récent chez les Germains; plus anciennement ils enterraient leurs morts; ils revinrent à cette coutume en se convertissant au christianisme.

[3] **Cæspes erigit** au lieu de *cæspite erigitur*: tour poétique qui se trouve dans Sénèque, *Ep.* 8: *Hanc domum utrum cæspes erexerit an varius lapis gentis alienæ nihil interest.*

[4] **Ut**, dans la pensée que, le regardant comme. Cf. 8, note 10, et 20, note 11.

[5] **Lamenta et lacrimas**: allitération. Cf. 40: *præliis ac periclitando*.

[6] **Ponunt** pour *deponunt*. Cf. 14, note 13. Cicéron avait déjà dit *ponere dolorem*. Tacite emploie ailleurs *ponere* au lieu de *proponere* et cet emploi lui est particulier.

[7] **In commune**: cf. 5, note 2.

28. Validiores[1] olim Gallorum res fuisse summus auctorum[2] divus Julius tradit; eoque credibile est etiam Gallos in Germaniam transgressos[3]. Quantulum enim amnis obstabat quominus, ut quæque[4] gens evaluerat, occuparet permutaretque sedes promiscuas adhuc et nulla[5] regnorum potentia divisas? Igitur[6] inter Hercyniam[7] silvam Rhenumque et Mœnum amnes Helvetii, ulteriora Boii, Gallica utraque gens, tenuere. Manet adhuc Boihæmi[8] nomen significatque loci veterem memoriam, quamvis mutatis[9] cultoribus. Sed utrum Aravisci[10] in Pannoniam ab Osis, Germanorum natione; an Osi ab Araviscis in Germaniam commigraverint, cum eodem adhuc sermone, institutis, moribus utantur, incertum est, quia pari olim inopia ac libertate eadem utriusque ripæ bona malaque[11] erant. Treveri et Nervii circa[12] affectationem Germanicæ originis ultro ambitiosi sunt, tanquam[13] per hanc gloriam sanguinis a similitudine et inertia[14] Gallorum separentur. Ipsam Rheni ripam haud dubie[15] Germanorum populi colunt, Vangiones, Triboci, Nemetes. Ne Ubii quidem, quanquam[16] Romana colonia esse meruerint ac libentius Agrippinenses conditoris sui[17] nomine vocentur, origine erubescunt, transgressi olim et experimento[18] fidei super ipsam Rheni ripam collocati, ut arcerent, non ut custodirentur.

[1] **Validiores**, plus puissants que les Germains, et non pas qu'aujourd'hui, comme le témoigne le passage de César, *Bell. Gall.*, VI, 24: *Ac fuit antea tempus cum Germanos Galli virtute superarent.*

[2] **Auctor**, garant, autorité, et non pas écrivain.

[3] **Transgressos**. Il est plus probable que ces Gaulois qui habitaient en Germanie n'y avaient pas passé, mais s'y étaient maintenus, tandis que les autres avaient été refoulés de l'autre côté du Rhin.

[4] **Ut**, dans *ut quisque*, signifie tantôt «à mesure que», tantôt «dans la mesure où».

[5] **Et nulla**, au lieu de *neque ulla*, qui est plus ordinaire (Ragon, *Gr. lat.*, 531; Riemann, *Synt. lat.*, § 268 et rem.). Tacite emploie volontiers (cf. 10 et 20, et vingt fois dans les autres ouvrages) cette tournure qui semble accentuer davantage la négation. Après lui cet usage se répand de plus en plus.

[6] **Igitur** indique que l'auteur, après une courte digression ou explication préliminaire, revient à son sujet.

[7] **Hercynia silva**: la Forêt Noire, avec laquelle on l'identifie, ne devait en être qu'une faible partie. Cf. *Hercynia*, au lexique.

[8] **Boihæmi**. Le mot germanique *heim* signifie domicile, pays, et forme beaucoup de noms de lieu. Cf. lexique des noms propres.

[9] **Mutatis**. Les Marcomans avaient remplacé les Boïens dans la Bohême.

[10] **Aravisci**. Pour tous les noms propres, consulter le lexique.

[11] **Bona malaque**. Par conséquent on ne peut alléguer aucune raison qui ait pu pousser les uns plutôt que les autres à franchir le fleuve.

[12] **Circa**, dans l'usage classique, signifie autour de, environ. Son emploi dans le sens de «au sujet de» appartient à l'époque impériale. — *Affectationem*, désir d'atteindre, d'obtenir, prétention à.

[13] **Tanquam**: cf. 20, note 11.

[14] **A similitudine et inertia**. Il y a vraisemblablement hendiadyn. Il ne s'agit point d'une ressemblance extérieure: *inertia* explique en quoi consisterait la ressemblance qu'ils répudient (*similitudine inertiæ*). Cf. 25, note 7, et 29, note 8.

[15] **Haud dubie** tombe sur *Germanorum*: des peuplades incontestablement de race germanique. Tacite semble douter de l'origine germanique des Trévires et des Nerviens.

[16] **Quanquam... meruerint**. C'est ainsi que Tacite construit d'ordinaire *quanquam* contrairement à l'usage classique (*Gr. lat.*, 499). — *Mereri* se construit avec *ut*, mais l'infinitif se trouve aussi chez Ovide, Tacite, Valère Maxime, Florus.

[17] **Conditoris sui**. On attendrait plutôt le féminin, Agrippine étant la véritable fondatrice de la Colonie. S'agit-il d'Agrippa qui les établit sur les bords du Rhin? On peut, à la rigueur, considérer *sui* comme le génitif du pronom personnel, car cet emploi peu correct, mais non sans exemple dans l'usage classique, n'est pas rare chez Tacite. Cf. Riemann, *Synt. lat.*, § 53, rem. 1, et Draeger, § 63. L'emploi de *conditor* pour désigner une femme est poétique. De même, *auctor* s'emploie parfois au féminin.

[18] **Experimento**, sur la preuve acquise: abl. de cause.

29. Omnium harum gentium virtute præcipui Batavi non multum ex ripa[1], sed insulam[2] Rheni amnis colunt, Chattorum quondam populus et seditione domestica in eas sedes transgressus, in quibus pars Romani imperii fierent[3]. Manet honos et antiquæ societatis insigne[4]: nam nec tributis contemnuntur[5] nec publicanus atterit; exempti oneribus et collationibus et tantum in usum[6] prœliorum sepositi, velut tela atque arma[7] bellis reservantur. Est in eodem obsequio et Mattiacorum gens. Protulit enim magnitudo populi Romani ultra Rhenum ultraque veteres terminos[8] imperii reverentiam. Ita sede finibusque[9] in sua ripa, mente animoque nobiscum agunt; cetera[10] similes Batavis, nisi quod[11] ipso adhuc terræ suæ solo et cælo acrius animantur. Non numeraverim[12] inter Germaniæ populos, quanquam trans Rhenum Danuviumque consederint, eos qui decumates agros[13] exercent. Levissimus quisque[14] Gallorum et inopia audax dubiæ possessionis solum occupavere. Mox[15] limite acto promotisque præsidiis sinus imperii et pars provinciæ[16] habentur.

[1] **Non multum ex ripa**, une petite partie de la rive. *Ex* comme *de* a souvent le sens partitif. Il s'agit de la rive gauche du Wahal et de la Meuse.

[2] **Insulam**. L'île des Bataves est bornée au nord par une branche du Rhin et au sud par le Wahal et la Meuse, mais Tacite ne se trompe pas en l'appelant *insulam Rheni*, car les eaux de ce fleuve l'entourent réellement. Cf. *Histoires*, IV, 12: *Insulam... quam mare oceanus a fronte, Rhenus amnis tergum ac latera circumluit*.

[3] **Fierent**. Ce subjonctif de la proposition relative (*Gr. lat.*, 503) marque la conséquence et non le but: «où ils étaient destinés à devenir».

[4] **Honos et insigne**: cf. 25, note 7. — *Insigne* ne fait qu'expliquer *honos* en indiquant qu'il constitue un trait distinctif. Cf. 38, note 3. Traduisez: «Il leur reste un privilège, marque certaine d'une antique alliance, c'est que...»

[5] **Contemnuntur, atterit** (*eos*). Remarquez l'énergie de l'expression et le changement subit du sujet. Cf. note 13.

[6] **In usum**, pour servir. Tacite donne volontiers à *in* deux emplois rares à l'époque classique: 1° pour marquer le résultat (Cf. 23, note 2); 2° pour marquer le but, au lieu de *ad*.

[7] **Tela atque arma**, armes offensives et défensives.

[8] **Ultra Rhenum ultraque veteres terminos**. Dans Tacite, *et, que, neque* sont souvent explicatifs, au lieu d'une apposition. Cf. *Agricola*, 4: *De limine imperii et ripa*, au delà du Rhin qui était l'ancienne frontière.

[9] **Sede finibusque** et *mente animoque*: ablatifs de relation (*Gr. lat.*, 303). — *Agunt*, ils vivent. Cf. 17, note 2.

[10] **Cetera**. Cf. 17, note 2.

[11] **Nisi quod**: cf. 25, note 8. — *Solo et cælo*. Tacite reconnaît, en dehors de l'influence de la race, l'influence du milieu.

[12] **Non numeraverim**: cf. 2, note 2. — *Quanquam*: cf. 28, note 16.

[13] **Decumates agros**, terres qui paient la dîme. Cf. lexique des noms propres. — *Exercent* indique un travail pénible. Tacite aime à employer un mot caractéristique au lieu du terme général qui serait ici *colunt*. Cf. note 5.

[14] **Levissimus quisque**: cf. 15, note 2. *Audax* devrait être également au superlatif.

[15] **Mox**: cf. 10, note 4. — *Limite acto*. Il ne s'agit pas d'une simple frontière mais d'un rempart véritable qui, commencé sous Domitien et continué sous Trajan, ne fut achevé que par Hadrien; de là son nom de *vallum hadrianum*. Il s'étendait alors depuis le Danube près de Ratisbonne jusqu'au Rhin près de Cologne. — Sur l'expression *limitem agere*, cf. Virg., *Énéide*, X, 514, *limitem agit ferro*. — *Sinus*, enclave.

[16] **Provinciæ**. Une partie des champs décumates était rattachée à la Germanie supérieure, l'autre à la Rhétie. — *Habentur*: grammaticalement le sujet de ce verbe doit être le même que celui de *occupavere* ou plutôt de *exercent*; mais logiquement, dans la pensée de l'auteur, il s'agit des champs décumates eux-mêmes. *Habentur* paraît être ici le simple équivalent de *sunt*.

30. Ultra hos Chatti[1] initium sedis ab Hercynio saltu[2] inchoant[3], non ita effusis[4] ac palustribus locis, ut ceteræ civitates, in quas Germania patescit: durant siquidem colles, paulatim rarescunt, et Chattos suos[5] saltus Hercynius prosequitur simul atque deponit. Duriora genti corpora, stricti[6] artus, minax vultus et[7] major animi vigor. Multum, ut inter Germanos[8], rationis[9] ac sollertiæ: præponere[10] electos, audire præpositos, nosse ordines[11], intelligere occasiones, differre impetus, disponere diem, vallare noctem, fortunam inter[12] dubia, virtutem inter certa numerare, quodque rarissimum nec nisi Romanæ disciplinæ concessum, plus reponere in duce quam in exercitu. Omne robur in pedite, quem super[13] arma ferramentis[14] quoque et copiis onerant: alios ad prœlium ire videas, Chattos ad bellum. Rari excursus[15] et fortuita pugna. Equestrium sane virium id proprium, cito parare victoriam, cito cedere: velocitas juxta formidinem[16], cunctatio propior constantiæ est.

[1] **Chatti**: auj. les Hessois. Cf. lexique.

[2] **Hercynio saltu**: cf. 28, note 7, et le lexique.

[3] **Initium inchoare**. Cette expression, qui nous semble pléonastique, est tout à fait dans le génie de la langue latine, qui aime à rapprocher deux mots de sens analogue. Cf. Cicéron: *Eligendi optio*, et au chap. 31, *visu mitiore mansuescunt*.

[4] **Effusis locis**, pays de plaines.

[5] **Suos**. Ce fait que le pays des Chattes s'étend tout entier dans la Forêt Noire, crée une sorte de lien entre cette contrée et ses habitants. — *Prosequitur simul atque deponit*, les accompagne et les dépose. Les terrains montagneux sur lesquels vivent les Chattes s'abaissent au niveau de la plaine à leur frontière même et semblent les déposer, c'est-à-dire finissent avec eux. La couleur poétique est ici sensible. Cf. 34, note 6.

[6] **Stricti**, durs, nerveux. Cf. 17, note 3.

[7] **Et** doit être répété entre tous les termes d'une énumération (*Gr. lat.*, 534), mais cette règle est souvent violée par Tacite dans les *Histoires* et les *Annales*. Ici il n'y a véritablement que trois termes sans liaison: le troisième se subdivise en deux plus étroitement unis.

[8] **Ut inter Germanos** restreint la portée du jugement (*Gr. lat.*, 534, *pour*).

[9] **Rationis**, non pas intelligence en général, mais réflexion, calcul, opposé à l'irréflexion qui obéit au premier mouvement.

[10] **Præponere**: cet infinitif et ceux qui suivent développent les mots précédents en expliquant en quoi consiste l'habileté des Chattes.

[11] **Nosse ordines**, garder les rangs dans le combat. — *Vallare noctem*, fortifier la nuit, c.-à-d. la rendre sûre en s'abritant derrière des retranchements.

[12] **Inter**, «au nombre de», comme faisant partie de. Cf. 32, note 6. — *Rarissimum (est)*.

[13] **Super** = *præter*, outre. On rencontre dans *la Germanie* deux emplois de *super* qui ne se trouvent ni dans Cicéron ni dans César: 1º *super* pour *præter*. Cf. 43, *super vires*; 2º au delà de, plus de. Cf. 33, *super sexaginta millia ceciderunt*.

[14] **Ferramentis**, outils de fer. — *Copiis*, vivres.

[15] **Excursus**, excursion, sortie, c.-à-d. attaque soudaine qui a pour résultat une bataille imprévue: *fortuita pugna*.

[16] **Juxta formidinem**, est voisine, touche de près à la peur. Cf. 21, note 5.

31. Et aliis Germanorum populis usurpatum[1] raro et privata cujusque audentia apud Chattos in consensum[2] vertit, ut primum adoleverunt, crinem barbamque submittere, nec nisi hoste cæso exuere votivum obligatumque[3] virtuti oris habitum. Super[4] sanguinem et spolia revelant frontem, seque tum demum pretia nascendi retulisse dignosque patria ac parentibus ferunt. Ignavis et imbellibus manet squalor[5]. Fortissimus quisque[6] ferreum insuper anulum (ignominiosum id genti) velut vinculum gestat, donec se cæde hostis absolvat[7]. Plurimis[8] Chattorum hic placet habitus, jamque canent insignes[9] et hostibus simul suisque monstrati. Omnium penes hos initia pugnarum, hæc[10] prima semper acies, visu nova: nam ne in pace quidem vultu mitiore[11] mansuescunt. Nulli domus aut ager aut aliqua cura: prout ad quemque[12] venere, aluntur, prodigi alieni, contemptores[13] sui, donec exsanguis senectus tam duræ virtuti impares[14] faciat.

[1] **Usurpatum** est employé substantivement et équivaut à une proposition relative: *quod usurpatur raro et privata cujusque audentia*. Il est expliqué appositionnellement par les infinitifs *submittere, exuere.*

[2] **Consensum**, coutume acceptée par tous.

[3] **Votivum obligatumque**, voué et consacré au courage, c.-à-d. par lequel ils s'obligent à se conduire vaillamment. — *Habitum*. Cf. 17, note 9.

[4] **Super**: parce que la victime est considérée comme gisant à leurs pieds. — *Revelant*, ils découvrent (en coupant leurs cheveux). — *Pretia nascendi retulisse*, avoir payé la dette de leur naissance, le prix de leur existence, mérité la vie qu'ils ont reçue.

[5] **Squalor**, l'aspect hideux que leur donne une chevelure longue et inculte.

[6] **Fortissimus quisque**: cf. 15, note 2.

[7] **Donec absolvat**: cf. 2, note 11.

[8] **Plurimis**, un grand nombre. Cf. 13, note 12.

[9] **Jamque canent insignes** = *jam canentes insignes sunt*. *Insignis* se dit proprement de celui qui porte un signe spécial auquel on le reconnaît. Cf. Virg., *Én.*, VI, 167: *Et lituo pugnas insignis obibat et hasta.* — *Monstrati*. C'est une marque de célébrité bien connue. Cf. Horace, *Od.*, IV, 2. *Quod monstror digito prætereuntium.* Perse, I, 28: *At pulchrum est digito monstrari et dicier: hic est.*

[10] **Hæc**. C'est d'eux qu'est formé le premier rang. — *Nova*, nouveau, par conséquent inaccoutumé, surprenant, étrange. Cf. 43: *novum ac velut infernum aspectum*.

[11] **Mitiore**: prolepse. L'adjectif marque d'avance le résultat. Cf. 30, note 3.

[12] **Prout ad quemque**: cf. 28, note 4.

[13] **Contemptores**, sans souci de. — *Sui*: génitif de *suum*.

[14] **Impares**, inégaux, qui ne sont pas à la hauteur de; c.-à-d. incapables de soutenir cette sauvage bravoure.

32. Proximi Chattis certum jam alveo[1] Rhenum quique terminus esse sufficiat[2] Usipi ac Tencteri colunt. Tencteri super[3] solitum bellorum decus, equestris disciplinæ arte præcellunt; nec major apud Chattos[4] peditum laus quam Tencteris equitum. Sic instituere majores, posteri imitantur. Hi lusus infantium, hæc[5] juvenum æmulatio; perseverant senes. Inter[6] familiam et penates et jura successionum equi traduntur; excipit[7] filius, non, ut cetera, maximus natu, sed prout ferox bello et melior[8].

[1] **Certum jam alveo**: par opposition au cours supérieur du Rhin.

[2] **Quique (talis qui)... sufficiat**. Proposition relative marquant la conséquence (*Gr. lat.*, 502). — *Sufficere* avec l'infinitif n'est pas classique.

[3] **Super**, outre. Cf. 30, note 13.

[4] **Apud Chattos, Tencteris**. Tacite aime à varier les constructions.

[5] **Hi, hæc**, ce sont là les jeux, etc. Cf. 13, note 4.

[6] **Inter**, comme faisant partie de, c.-à-d. sur le même pied. Cf. 30, note 12. *Familia* désigne ici spécialement les esclaves qu'on se partageait dans la succession. — *Jura successionum*. L'abstrait pour le concret: tout ce qui tombe sous la réglementation des droits de succession.

[7] **Excipit** (et non pas *accipit*) marque mieux la continuité d'une même tradition dans la famille.

[8] **Bello** se rattache aussi à *melior*, plus brave. Cf. en grec ἀμείνων. *Iliade*, VI, 479: καὶ ποτέ τις εἴπῃσι· πατρός γ' ὅδε πολλὸν ἀμείνων.

33. Juxta Tencteros Bructeri olim occurrebant[1]: nunc Chamavos et Angrivarios immigrasse narratur[2], pulsis Bructeris ac penitus excisis[3] vicinarum consensu[4] nationum, seu superbiæ odio, seu prædæ dulcedine, seu favore quodam erga nos deorum; nam ne spectaculo[5] quidem prœlii invidere. Super[6] sexaginta millia non armis telisque[7] Romanis, sed, quod magnificentius est, oblectationi oculisque[8] ceciderunt. Maneat, quæso, duretque gentibus, si non amor nostri, at certe[9] odium sui: quando[10], urgentibus[11] imperii fatis, nihil jam præstare fortuna majus potest quam hostium discordiam.

[1] **Occurrebant**, se présentaient, c.-à-d. se trouvaient.

[2] **Narratur** ne s'emploie impersonnellement qu'après l'époque classique (*Gr. lat.*, 448 et 449).

[3] **Penitus excisis**. C'est exagéré sans doute, car les Bructères apparaissent encore à diverses reprises dans l'histoire.

[4] **Consensu**, ici, «coalition».

[5] **Spectaculo**: datif. — *Invidere* signifie littéralement regarder d'un œil malveillant, puis envier, enfin, comme ici, refuser par sentiment de jalousie.

[6] **Super**, au delà de. Cf. 30, note 13.

[7] **Armis telisque**: cf. 29, note 7.

[8] **Oblectationi oculisque**: datifs d'intérêt et hendiadyn, au lieu de *oblectationi oculorum*. Tacite se montre ici bien Romain: Rome a assisté tranquille aux luttes sanglantes de ses ennemis et goûté le plaisir qu'éprouvaient les spectateurs en regardant les gladiateurs s'égorger dans l'arène.

[9] **Si non, at certe**: *Gr. lat.*, 543. — *Amor nostri*, l'affection envers nous: génitif objectif (*Gr. lat.*, 249).

[10] **Quando** = *quandoquidem*, du moment que.

[11] **Urgentibus**. Nous n'avons pu nous décider à supprimer ce mot malgré les difficultés qu'il soulève et les spécieuses raisons données par M. Brunot (Étude sur le *De moribus Germanorum*). Tite-Live avait déjà dit, V, 36: *Jam urgentibus Romanam urbem fatis...* Ce mot résume toutes les inquiétudes de Tacite sur l'avenir de son pays. Cf. Introduction.

34. Angrivarios et Chamavos a tergo[1] Dulgubnii et Chasuarii claudunt aliæque gentes haud perinde memoratæ[2], a fronte Frisii excipiunt. Majoribus minoribusque Frisiis vocabulum[3] est ex modo virium. Utræque nationes[4] usque ad Oceanum Rheno prætexuntur, ambiuntque[5] immensos insuper lacus et Romanis classibus navigatos. Ipsum quin etiam Oceanum illa[6] tentavimus, et superesse adhuc Herculis columnas[7] fama vulgavit, sive[8] adiit Hercules, seu quicquid ubique magnificum est in claritatem ejus referre consensimus. Nec defuit audentia Druso Germanico[9], sed obstitit Oceanus in se simul atque in Herculem inquiri[10]. Mox[11] nemo tentavit, sanctiusque ac reverentius visum de actis deorum credere quam scire.

[1] **A tergo, a fronte**. Tacite indique la position relative de ces peuples par rapport à un spectateur placé sur le Rhin. C'est de là surtout que Rome surveillait la Germanie. Cf. 42, note 3. — *Claudunt, excipiunt* expriment d'une façon pittoresque l'idée qui correspond aux expressions *a tergo, a fronte.*

[2] **Haud perinde memoratæ**, dont on ne parle pas autant, c.-à-d. moins connues, ou plutôt de moindre importance.

[3] **Vocabulum** équivaut à *nomen* et se construit comme lui (*Gr. lat.*, 282). — *Ex*, d'après. Cf. 7, note 1.

[4] Le pluriel de *uterque* pour désigner deux nations est peu correct. On trouve aussi, *Ann.*, XVI, 11: *illa utrosque intuens*, où il s'agit de deux personnes.

[5] **Ambiunt**, embrassent. — *Immensos lacus*. Ce qu'on appelle le Zuiderzée n'avait pas à l'époque de Tacite toute l'étendue actuelle, mais il devait exister de vastes lacs dans ces contrées. — *Et* signifie «aussi» et tombe sur *Romanis classibus*. Cf. 10, note 15. Tacite fait allusion aux expéditions de Drusus et de Germanicus.

[6] **Illa**, s.-e. *parte*, de ce côté. — *Tentavimus* et plus bas *obstitit in se inquiri*: on voit que l'océan est en quelque sorte personnifié. Ces sortes de personnifications sont un des caractères du style de Tacite.

[7] **Herculis columnas**. Les anciens plaçaient aussi des colonnes d'Hercule au détroit de Gibraltar.

[8] **Sive, seu**. Le changement de forme de la conjonction accentue l'absence de symétrie des deux propositions.

[9] **Germanico**. Ce surnom est aussi donné à Drusus, *Hist.*, V, 19.

[10] **Obstitit inquiri**. Cette construction ne se rencontre qu'ici. *Obstare* est construit avec l'infinitif, comme *prohibere* dont il a le sens.

[11] **Mox**: cf. 10, note 4.

35. Hactenus[1] in occidentem Germaniam novimus. In septentrionem ingenti flexu redit[2]. Ac primo statim Chaucorum gens, quanquam[3] incipiat a Frisiis ac partem littoris occupet, omnium quas exposui gentium lateribus obtenditur, donec[4] in Chattos usque sinuetur. Tam immensum terrarum spatium non tenent tantum Chauci, sed et[5] implent, populus inter Germanos nobilissimus, quique magnitudinem suam malit[6] justitia tueri. Sine cupiditate, sine impotentia[7], quieti secretique[8] nulla provocant bella, nullis raptibus aut latrociniis populantur. Id præcipuum[9] virtutis ac virium argumentum est, quod, ut superiores[10] agant, non per injurias assequuntur. Prompta tamen omnibus arma ac, si res poscat, exercitus, plurimum virorum equorumque; et quiescentibus[11] eadem fama.

[1] **Hactenus**: sens local. C'était la Germanie occidentale que les Romains connaissaient le mieux. Aussi les indications géographiques de Tacite, qui étaient jusqu'ici assez peu précises, vont devenir de plus en plus vagues. La description des mœurs se mêlera également de détails fabuleux.

[2] **Ingenti flexu redit**: elle forme un vaste détour en remontant vers le nord. Les côtes de la Germanie ont en effet cette forme, mais il ne s'agit peut-être que de la presqu'île Cimbrique.

[3] **Quanquam**: cf. 28, note 16.

[4] **Donec... sinuetur**, «forme une enclave qui se prolonge jusqu'aux Chattes». Cf. *sinus*, 29, note 15.

[5] **Sed et** = *sed etiam*. — *Implent*, ils le remplissent (par la densité de leur population).

[6] **Malit**. Le subjonctif indique que cette proposition relative marque la conséquence. Ce peuple est, entre tous les peuples germaniques, le plus noble et tel qu'il préfère, c.-à-d. le seul qui préfère.

[7] **Impotentia**, passion violente. *Impotens* se dit de celui qui n'est pas maître de lui-même; le contraire est *sui compos*. Cf. ἀκρατής et ἐγκρατής.

[8] **Secreti**, vivant retirés, isolés, c.-à-d. ne sortant pas de leurs frontières pour inquiéter leurs voisins.

[9] **Præcipuum**: cf. 6, note 18.

[10] **Superiores** est au nominatif et se rapporte à *Chauci*. — *Agant*: cf. 17, note 2.

[11] **Quiescentibus**: en temps de paix.

36. In latere Chaucorum Chattorumque Cherusci nimiam ac marcentem[1] diu pacem illacessiti nutrierunt: idque jucundius quam tutius fuit, quia inter impotentes[2] et validos falso quiescas; ubi manu agitur, modestia ac probitas nomina superioris sunt[3]. Ita qui olim[4] boni æquique Cherusci, nunc inertes ac stulti vocantur; Chattis victoribus, fortuna in sapientiam cessit[5]. Tracti ruina[6] Cheruscorum et Fosi, contermina gens; adversarum rerum ex æquo[7] socii sunt, cum in secundis minores fuissent.

> [1] **Marcentem**, énervante. — *Illacessiti*, sans agresseurs. Les Chérusques que Tacite peint ici comme amollis avaient autrefois lutté courageusement contre les Romains sous la conduite d'Arminius.
>
> [2] **Impotentes**, turbulents. Cf. 35, note 7. — *Falso quiescas*, «le repos est illusoire». Cf. 14, note 8.
>
> [3] **Nomina superioris sunt**: ces vertus sont attribuées à celui qui l'emporte, au plus fort.
>
> [4] **Qui olim**, s.-e. *vocabantur*: zeugma. Cf. 2, note 17.
>
> [5] **In sapientiam cessit**, litt., tourna en sagesse, c.-à-d. leur succès leur tint lieu de sagesse, leur fit une réputation de sagesse.
>
> [6] **Tracti ruina**, qui forme ici image, est employé au sens propre. *Histoires*, III, 29: *Quæ (balista) summa valli ruina sua traxit*.
>
> [7] **Ex æquo**. Tacite emploie l'ablatif neutre d'un adjectif avec *ex* dans le sens d'un adverbe. Cf. *Agricola*, 15: *ex facili*. Le même tour existe en grec: ἐκ τοῦ εὐθέος, ἐξ ἴσου.

37. Eumdem Germaniæ sinum[1] proximi Oceano Cimbri tenent, parva nunc civitas, sed gloria[2] ingens. Veterisque famæ lata vestigia manent, utraque ripa[3] castra ac spatia[4], quorum ambitu nunc quoque metiaris[5] molem manusque gentis et tam magni exitus fidem[6]. Sexcentesimum et quadragesimum annum[7] Urbs nostra agebat, cum primum Cimbrorum audita sunt arma, Cæcilio Metello ac Papirio Carbone consulibus. Ex quo si ad alterum[8] imperatoris Trajani consulatum computemus, ducenti ferme et decem anni colliguntur. Tam diu Germania vincitur[9]. Medio tam longi ævi spatio multa invicem[10] damna. Non Samnis, non Pœni, non Hispaniæ Galliæve, ne Parthi quidem sæpius admonuere[11]: quippe regno Arsacis[12] acrior est Germanorum libertas. Quid enim aliud nobis quam cædem Crassi, amisso et ipse Pacoro[13], infra Ventidium[14] dejectus Oriens objecerit? At[15] Germani, Carbone et Cassio et Scauro Aurelio et Servilio Cæpione Cn. quoque Manlio fusis vel captis, quinque simul[16] consulares exercitus populo Romano[17], Varum tresque cum eo legiones etiam Cæsari abstulerunt. Nec impune[18] C. Marius in Italia, divus Julius in Gallia, Drusus ac Nero et

Germanicus in suis eos sedibus[19] perculerunt. Mox[20] ingentes Gai Cæsaris minæ in ludibrium versæ. Inde otium, donec occasione discordiæ nostræ et civilium armorum[21] expugnatis legionum hibernis, etiam Gallias affectavere[22], ac rursus inde pulsi proximis temporibus triumphati[23] magis quam victi sunt.

[1] **Sinum**. Il s'agit de la presqu'île Cimbrique dont Tacite parle plus haut. Cf. 35: *Germania in septentrionem ingenti flexu redit*, et la note 2.

[2] **Gloria**: ablatif de relation.

[3] **Utraque ripa**: ablatif de lieu sans *in*. Cf. 10, note 10.

[4] **Castra ac spatia** = *castrorum spatia*; *spatia* renferme l'idée de vaste étendue.

[5] **Metiaris**: cf. 14, note 8. — *Molem manusque*, la masse et la force de ce peuple. Cf. *Ann.*, I, 61: *Prima Vari castra lato ambitu et dimensis principiis trium legionum manus ostentabant*.

[6] **Fidem**, la foi qu'il faut ajouter à, c.-à-d. une si vaste enceinte rend croyable ce qu'on raconte de leur émigration (*exitus*).

[7] Les historiens anciens, qui ne visent pas à une précision scientifique, se contentent souvent du nombre rond: ici 640 est pour 641 ou 113 av. J.-C. et plus loin 210 est pour 211.

[8] **Ad alterum**. Trajan fut consul pour la seconde fois aussitôt après la mort de Nerva en 98 après J.-C. Ce passage nous donne la date de la composition de *la Germanie*.

[9] **Vincitur**. Le présent, comme l'imparfait, marque une action qu'on est en train de faire, qui, par conséquent, n'est point encore achevée: on est occupé à vaincre la Germanie, sans qu'on puisse dire une fois pour toutes qu'elle est soumise. Cf. plus loin la même idée: *Triumphati magis quam victi*.

[10] **Invicem**: cf. 22, note 9. Ce mot joue le rôle d'adjectif auprès de *damna*: des dommages réciproques. Cf. 2, note 5.

[11] **Sæpius admonuere**, ne nous donnèrent de plus fréquents avertissements. Sur le parfait en *ēre*, cf. 6, note 19.

[12] **Regno Arsacis**, la monarchie des Parthes dont Arsace fut le fondateur. — *Regnum* forme antithèse avec *libertas*. — *Acrior*, plus vigoureuse, résistante, opiniâtre dans la défense.

[13] **Amisso et ipse Pacoro**. Construction hardie, assez fréquente chez Tite-Live, qui consiste à conserver au nominatif, dans une proposition au participe absolu passif, *ipse* (ou *quisque*) représentant la

personne qui jouerait le rôle de sujet dans la tournure active. C'est comme s'il y avait: *cum et ipse (oriens) Pacorum amisisset*. Il faut d'ailleurs que ce nominatif ainsi conservé représente la même personne que le sujet du verbe principal. — *Pacorus*: cf. lexique.

[14] **Infra Ventidium**, sous un homme comme Ventidius. Ce Ventidius avait été muletier et s'était élevé, grâce à la protection de César, jusqu'aux plus hautes charges. Cf. lexique.

[15] **At** marque une forte opposition (*Gr. lat.*, 542).

[16] **Simul**: toutes les défaites dont parle ici Tacite avaient été subies en quelques années et durant la même guerre. Pour la date de ces luttes, voir le lexique.

[17] **Populo Romano**, au peuple Romain, c.-à-d. au temps de la République par opposition au gouvernement des Césars. *Cæsari* désigne ici Auguste. Jules César est nommé dans ce chapitre et au chap. XXVIII: *divus Julius*.

[18] **Nec impune**, et ce ne fut pas impunément, c.-à-d. sans éprouver de grandes pertes.

[19] **In suis eos sedibus**. *Suus* s'emploie régulièrement pour renvoyer à un mot autre que le sujet de la proposition, lorsque le contact est immédiat. *Suus* a d'ailleurs ici le sens emphatique de «leur propre» (*Gr. lat.*, 446, 1°).

[20] **Mox**, puis. Cf. 10, note 4. — *Ingentes*: il y a de l'ironie dans ce mot. Cf. *Agricola*, 13: *Ingentes adversus Germaniam conatus*. Caligula termina la guerre par une ridicule supercherie. Cf. *Gaius*, au lexique.

[21] **Civilium armorum**. Il s'agit des guerres civiles entre les empereurs Othon, Vitellius et Vespasien.

[22] **Gallias affectavere**. Civilis et les Bataves voulaient enlever la Gaule à l'empire romain.

[23] **Triumphati**. Le passif de *triumphare* se trouve déjà dans Virgile, *Én.*, VI, 836: *triumphata Corintho*. En prose, il est postérieur à l'âge classique. Cf. 25, note 11. Tacite fait peut-être allusion à Domitien et à son ridicule triomphe.

38. Nunc de Suebis dicendum est, quorum non una ut Chattorum Tencterorumve gens; majorem enim Germaniæ partem[1] obtinent, propriis adhuc[2] nationibus nominibusque discreti, quanquam in commune Suebi vocentur. Insigne[3] gentis obliquare crinem nodoque substringere. Sic Suebi a ceteris Germanis, sic Sueborum ingenui a servis separantur. In aliis gentibus, seu cognatione aliqua Sueborum seu, quod sæpe accidit, imitatione, rarum[4] et intra juventæ spatium: apud Suebos usque ad canitiem horrentem capillum retorquent[5], ac sæpe in ipso vertice religant. Principes[6] et ornatiorem habent. Ea cura formæ[7], sed innoxia: neque enim ut ament amenturve, in altitudinem[8] quamdam et terrorem adituri bella comptius[9] hostium oculis ornantur.

[1] **Majorem partem**, la majeure partie (*Gr. lat.*, 340).

[2] **Adhuc**, jusqu'à présent. — *Quanquam*: Cf. 28, note 16. — *In commune*: cf. 5, note 2.

[3] **Insigne**, «trait distinctif». Cf. 31, note 9, et 29, note 4. — *Obliquare*, détourner quelque chose de sa direction naturelle; ici, retrousser les cheveux pour les nouer.

[4] **Rarum**. Pour expliquer *seu cognatione aliqua seu imitatione*, il faut traduire: cet usage se rencontre, mais rarement.

[5] **Retorquent**, ils retroussent leurs cheveux en les tordant pour les nouer soit sur la nuque, soit souvent sur le sommet même de la tête (*in ipso vertice*). Cf. Martial (*De spect.*, 3): *Crinibus in nodum tortis venere Sicambri*.

[6] **Principes**, non seulement les rois ou chefs de cité, mais les nobles en général.

[7] **Ea cura formæ**, c'est là le souci qu'ils prennent de leur beauté.

[8] **In altitudinem**: acc. avec *in* pour marquer le but. L'omission de la particule *sed* qu'on attendrait devant ces mots (*asyndeton*), jointe au changement de tournure, marque énergiquement l'opposition des deux membres de phrase.

[9] **Comptius** (*solito*): cf. Ragon, *Gr. lat.*, 334. — *Oculis*: datif d'intérêt.

39. Vetustissimos se nobilissimosque Sueborum Semnones memorant. Fides[1] antiquitatis religione firmatur. Stato[2] tempore in silvam auguriis[3] patrum et prisca formidine sacram omnes ejusdem sanguinis populi legationibus[4] coeunt, cæsoque publice homine, celebrant barbari ritus horrenda primordia. Est et alia luco reverentia[5]: nemo nisi vinculo ligatus ingreditur, ut[6] minor et potestatem numinis præ se ferens. Si forte prolapsus est, attolli et insurgere[7] haud licitum; per humum evolvuntur. Eoque omnis superstitio[8] respicit, tanquam inde[9] initia gentis, ibi regnator omnium deus, cetera subjecta atque parentia. Adjicit auctoritatem[10] fortuna Semnonum:

centum pagi iis habitantur, magnoque corpore[11] efficitur ut se Sueborum caput credant.

[1] **Fides** avec le génitif de l'objet, comme 37, note 6. — *Religione*, pratique religieuse.

[2] **Stato** dit plus que *constituto*: à une date fixe et périodiquement.

[3] **Auguriis** paraît avoir un sens plus général qu'à l'ordinaire: des cérémonies religieuses. Ce mot commence un hexamètre. Il s'en trouve plusieurs dans les écrits de Tacite; bien que ce puisse être l'effet du hasard, celui qui commence les *Annales* n'a pas dû échapper à l'attention de l'écrivain.

[4] **Legationibus**, en se faisant représenter par des députés. — *Cæso homine*, en immolant un homme. Ici le participe passé passif équivaut à un présent (Ragon, *Gr. lat.*, 400, rem., et Riemann, *Synt. lat.*, § 156, rem. 1). Cf. 40, note 12.

[5] **Reverentia**, marque de vénération.

[6] **Ut** introduit l'explication de cette coutume. — *Minor*, inférieur (à la divinité), c.-à-d. comme symbole de sa faiblesse. — *Aliquid præ se ferre*, afficher, faire voir ostensiblement.

[7] **Attolli et insurgere**, se soulever et se mettre debout; *attolli* est un passif à sens moyen, comme plus bas *evolvuntur*. Cf. 22, note 3.

[8] **Omnis superstitio**, toutes les pratiques superstitieuses dont ce bois est l'objet. — *Eo respicit tanquam*: cf. 12, note 5.

[9] **Inde** (*sint*): cf. 13, note 8.

[10] **Auctoritatem**. Il ne s'agit plus de l'autorité de cette tradition, mais de celle des Semnons eux-mêmes; Tacite, après avoir prouvé l'antiquité des Semnons par leur religion, prouve maintenant leur noblesse par leur puissance.

[11] **Corpore**, le corps même de la nation.

40. Contra Langobardos paucitas[1] nobilitat. Plurimis ac valentissimis nationibus cincti non per obsequium, sed prœliis et periclitando[2] tuti sunt[3]. Reudigni deinde et Aviones et Anglii et Varini et Eudoses et Suardones et Nuithones[4] fluminibus aut silvis muniuntur. Nec quicquam notabile in singulis, nisi quod[5] in commune Nerthum[6], id est Terram matrem, colunt eamque intervenire rebus hominum, invehi populis[7] arbitrantur. Est in insula[8] Oceani castum[9] nemus, dicatumque in eo vehiculum veste[10] contectum; attingere uni sacerdoti concessum. Is adesse penetrali[11] deam intelligit vectamque bubus feminis multa cum veneratione prosequitur[12]. Læti tunc dies, festa loca quæcumque adventu hospitioque[13] dignatur. Non bella ineunt, non arma sumunt; clausum omne ferrum; pax et quies tunc tantum nota, tunc tantum amata, donec idem sacerdos satiatam conversatione mortalium deam templo reddat. Mox[14] vehiculum et vestes et, si credere velis, numen ipsum secreto lacu abluitur. Servi ministrant, quos statim idem lacus haurit[15]. Arcanus hinc terror sanctaque ignorantia, quid sit illud quod tantum perituri vident.

[1] **Paucitas** sert de transition en s'opposant au *magnum corpus* des Semnons.

[2] **Prœliis ac periclitando**: allitération. Cf. 27, note 5.

[3] **Tuti sunt**, ils pourvoient à leur sûreté. Pour plus de variété les trois compléments marquant le moyen sont exprimés par trois tournures différentes: *per obsequium, prœliis, periclitando*.

[4] Il est difficile de déterminer exactement le lieu qu'habitaient ces peuples, dont la plupart ne sont connus que de nom. Cf. lexique.

[5] **Nisi quod**: cf. 29, note 11. — *In commune*: cf. 5, note 2.

[6] **Nerthum**: nom fém. de la 4ᵉ déclinaison; on l'écrit quelquefois *Herthum* ou *Hertham* pour le rattacher à l'allemand *Erde* (anglais *Earth*). — Tacite identifie *Nerthus* avec la déesse Cybèle, *Terram matrem*. Cf. 9, note 1.

[7] **Invehi populis**, parcourir les peuples montée sur un char.

[8] **Insula**: probablement l'île de Rügen dans la Baltique.

[9] **Castum**, pur, parce que les hommes n'y pénètrent pas, c.-à-d. sacré.

[10] **Veste**, et plus loin au pluriel *vestes*, voile. Cf. 10, note 3 à la fin.

[11] **Penetrali**: c'est sans doute l'intérieur du char qui sert de sanctuaire. *Templo*, quelques lignes plus loin, ne désigne probablement que la partie de la forêt où réside la déesse.

[12] **Vectam** équivaut à un participe présent: tandis qu'elle est portée sur le char. Cf. 39, note 4.

[13] **Adventu hospitioque** ne font pas double emploi: l'un marque le simple passage, l'autre le séjour.

[14] **Mox**: cf. 10, note 4. — *Numen ipsum*, l'image de la déesse, non pas une statue, mais plutôt une représentation grossière ou un symbole. Cf. 7, note 6.

[15] **Haurit**, engloutit. Expression énergique qui s'harmonise bien avec ces sombres et mystérieuses pratiques.

41. Et hæc quidem pars Sueborum in secretiora Germaniæ[1] porrigitur. Propior, ut quomodo paulo ante Rhenum[2], sic nunc Danuvium sequar, Hermundurorum civitas, fida Romanis; eoque solis Germanorum non[3] in ripa commercium, sed penitus atque in splendidissima Rætiæ provinciæ colonia[4]. Passim sine custode[5] transeunt; et cum ceteris gentibus arma modo castraque nostra ostendamus, his domos villasque patefecimus non concupiscentibus[6]. In Hermunduris Albis[7] oritur, flumen inclitum et notum olim; nunc tantum auditur.

[1] **Secretiora Germaniæ**. La construction d'un adjectif neutre au positif ou au comparatif avec le génitif partitif est rare chez Cicéron et César, mais très fréquente chez les poètes et certains prosateurs.

[2] **Rhenum**, s.-e. *secutus sum*: zeugma. Cf. 2, note 17.

[3] **Non... sed**, au lieu de *non solum... sed etiam*. — *Commercium*, le droit de faire le commerce. — *Penitus*, à l'intérieur de l'empire.

[4] **Colonia**: Augsbourg (*Augusta Vindelicorum*).

[5] **Passim et sine custode**, partout et sans garde. Sur certaines frontières, par exemple sur celle des Tenctères, près de Cologne, les Romains interdisaient le passage aux étrangers ou les faisaient accompagner d'un Romain qui les surveillait. Cf. *Histoires*, IV, 64.

[6] **Non concupiscentibus**, sans qu'ils songent à les convoiter.

[7] **Albis**: on suppose généralement que Tacite confond ici l'Elbe avec son affluent l'Éger. — *Notum olim*. Les légions romaines, dans plusieurs expéditions, avaient campé sur les bords de l'Elbe; à l'époque de Tacite, on ne connaissait plus ce fleuve que pour en avoir entendu parler.

42. Juxta Hermunduros Naristi ac deinde Marcomani[1] et Quadi agunt. Præcipua Marcomanorum gloria viresque, atque ipsa etiam sedes, pulsis olim Boiis, virtute parta. Nec Naristi Quadive degenerant[2]. Eaque[3] Germaniæ velut frons est, quatenus Danuvio præcingitur. Marcomanis Quadisque usque ad nostram memoriam reges manserunt ex gente ipsorum, nobile Marobodui et Tudri genus[4]; jam et externos patiuntur. Sed vis et potentia regibus ex auctoritate Romana. Raro armis nostris, sæpius pecunia juvantur[5], nec minus valent.

[1] **Marcomani**: cf. 28, note 9.

[2] **Nec degenerant**, ne sont pas non plus indignes d'eux.

[3] **Ea** s'accorde avec l'attribut par attraction. Cf. 13, notes 4 et 9. — *Velut frons*, en quelque sorte le front de la Germanie, c'est-à-dire la partie antérieure, la plus rapprochée des Romains du côté du Danube, qu'atteignait la province de Rhétie. Cf. 34, note 1.

[4] **Nobile genus**. On ne connaît pas autrement cette dynastie. On n'a aucun détail sur Tuder lui-même; quant à Maroboduus, cf. *Ann.*, II, 63. On ne sait rien non plus sur leurs successeurs, sinon qu'ils étaient imposés par Rome, comme le dit Tacite.

[5] **Juvantur** (*reges*). Les Romains fournissaient à ces rois étrangers, dévoués aux intérêts de l'empire, des subsides qui suffisaient à maintenir leur autorité.

43. Retro[1], Marsigni, Cotini, Osi, Buri terga Marcomanorum Quadorumque claudunt. E quibus Marsigni et Buri sermone cultuque Suebos referunt[2]; Cotinos Gallica, Osos Pannonica lingua coarguit non esse Germanos, et quod tributa patiuntur[3]. Partem tributorum Sarmatæ, partem Quadi, ut[4] alienigenis imponunt. Cotini, quo magis pudeat[5], et ferrum effodiunt. Omnesque hi populi pauca[6] campestrium, ceterum saltus et vertices montium insederunt. Dirimit enim scinditque Suebiam continuum montium jugum[7], ultra quod plurimæ gentes agunt[8], ex quibus latissime patet Lugiorum nomen in plures civitates diffusum. Valentissimas nominasse sufficiet, Harios, Helveconas, Manimos, Helysios, Nahanarvalos. Apud Nahanarvalos antiquæ religionis lucus ostenditur. Præsidet sacerdos muliebri ornatu[9], sed deos interpretatione Romana[10] Castorem Pollucemque memorant: ea vis numini[11], nomen Alcis. Nulla simulacra, nullum peregrinæ superstitionis vestigium; ut fratres tamen, ut juvenes venerantur. Ceterum Harii, super[12] vires quibus enumeratos paulo ante populos antecedunt, truces insitæ feritati arte ac tempore lenocinantur: nigra scuta, tincta corpora, atras ad prœlia noctes legunt; ipsaque formidine[13] atque umbra feralis exercitus terrorem inferunt, nullo hostium[14] sustinente novum ac velut infernum aspectum: nam primi in omnibus prœliis oculi vincuntur. Trans Lugios Gotones regnantur[15], paulo jam adductius[16] quam ceteræ Germanorum gentes, nondum tamen supra libertatem. Protinus deinde ab[17] Oceano Rugii et Lemovii. Omniumque harum gentium insigne[18] rotunda scuta, breves gladii et erga reges obsequium

[1] **Retro**, par opposition à *frons* (42, note 3), c.-à-d. vers le nord-est.

[2] **Referre Suebos sermone** équivaut à *sermonem Sueborum referre*, qui se dit également. VIRGILE, *Én.*, IV, 329: *Qui te tamen ore referret.*

[3] **Quod tributa patiuntur** est relié par *et* à *lingua*, comme étant au même titre sujet de *coarguit*. Sur les propositions complétives avec *quod*, cf. *Gr. lat.*, 470.

[4] **Ut**: cf. 39, note 6.

[5] **Quo magis pudeat**, pour surcroît de honte; non pas qu'il y ait honte pour eux à s'employer aux mines, comme on traduit quelquefois, mais ce fer qu'ils savent extraire devrait servir à sauver leur liberté.

[6] **Pauca** avec le génitif partitif. Cf. 41, note 1. — *Ceterum*, pour le reste, par opposition à *pauca*.

[7] **Continuum montium jugum**, une chaîne de montagnes. Il s'agit ici du Riesengebirge.

[8] **Agunt**: cf. 17, note 2.

[9] **Muliebri ornatu**. On traduit, généralement: en habit de femme; selon Müllenhof, il ne s'agit que de l'arrangement des cheveux.

[10] **Interpretatione romana**. Tacite avoue ici ce qu'on a déjà observé ch. 9, note 1, et 40, note 6. — *Memorant*, comme 3, note 1. Cf. 2, note 14.

[11] **Numini**. Ces deux dieux dont le culte est uni sont considérés comme formant une seule divinité. — *Alcis*: datif pluriel. Pour la construction, cf. 34, note 3.

[12] **Super**, outre. Cf. 30, note 13. — *Lenocinantur*, viennent en aide à, enchérissent encore sur. — *Arte et tempore* sont expliqués par ce qui suit: *nigra scuta, atras noctes*.

[13] **Ipsa formidine**, par la crainte seule. Cf. 13, note 12. — *Feralis*, lugubre.

[14] **Hostium nullo** = *nullo hoste*. — *Novum*, étrange. Cf. 31, note 10.

[15] **Regnantur**: cf. 25, note 11. — On peut remarquer ici la concision de Tacite: les Gotons habitent au delà des Lugiens et sont gouvernés par des rois.

[16] **Adductius**. On dit *adducere habenas*, amener à soi les rênes, serrer le frein; de là le sens de *adductius*, plus étroitement, plus sévèrement. — *Supra*, au-dessus de, c.-à-d. sans que la liberté succombe complètement sous l'autorité des rois.

[17] **Protinus ab**, immédiatement à partir de, c.-à-d. sur le bord même de.

[18] **Insigne**: cf. 38, note 3. — *Et*: emploi non classique. Cf. 30, note 7.

---

44. Suionum hinc civitates, ipso in Oceano[1], præter viros armaque classibus valent. Forma navium eo differt, quod utrinque prora[2] paratam semper appulsui frontem agit. Nec velis ministrant[3] nec remos in ordinem lateribus adjungunt: solutum, ut in quibusdam fluminum[4], et mutabile, ut res poscit, hinc vel illinc remigium. Est apud illos et opibus honos, eoque[5] unus imperitat, nullis jam exceptionibus[6], non precario jure parendi[7]. Nec arma, ut apud ceteros Germanos, in promiscuo[8], sed clausa sub custode, et quidem servo, quia subitos hostium incursus prohibet Oceanus, otiosæ porro[9] armatorum manus facile lasciviunt. Enimvero neque nobilem neque ingenuum, ne libertinum quidem armis præponere regia utilitas est[10].

Suionibus Sitonum gentes continuantur. Cetera[11] similes uno differunt, quod femina dominatur: in tantum non modo a libertate, sed etiam a servitute degenerant.

[1] **Ipso in Oceano**. Il s'agit de la Scandinavie, que Tacite et ses contemporains prenaient pour une île.

[2] **Utrinque prora**, la proue qui se trouve des deux côtés. L'arrière du navire était, comme l'avant, en forme de proue. — *Utrinque* joue le rôle d'adjectif. Cf. 37, note 10.

[3] **Velis** est au datif, comme s'il y avait: *velis ministerium præstant*. On explique aussi: *velis* (ablatif) *naves ministrant*. Cf. Virg., *Én.*, VI, 302, où *velis ministrat* reçoit aussi cette double interprétation.

[4] **Quibusdam fluminum**: cf. 43, note 14.

[5] **Eoque**, et à cause de cela, aussi. Tacite passe bien rapidement sur cette affirmation qui est contestable.

[6] **Nullis jam exceptionibus**, sans restrictions. *Jam* indique l'opposition avec ce qui se passe chez les autres peuples dont il a été parlé jusqu'ici.

[7] **Jure parendi**, le droit à l'obéissance. C'est inutilement qu'on a voulu substituer *imperandi* à *parendi*. Le gérondif latin se traduit d'ordinaire par un infinitif actif précédé d'une préposition; mais dans certains cas il semble avoir un sens passif qu'il n'a pas en réalité: il est alors l'équivalent d'un substantif verbal. Ainsi C. Nepos, *Att.*, 9: *spes restituendi nulla erat*, comme s'il y avait *restitutionis*. Salluste, *Jug.*, 62: *cum*

> *Jugurtha ad imperandum vocaretur*, pour recevoir des ordres, litt., pour le commandement. En français nous avons des constructions analogues: La fortune vient en dormant, on paie en servant.
>
> [8] **In promiscuo**, dans toutes les mains. Chez Tacite l'adjectif neutre précédé de *in* remplit souvent les fonctions d'attribut ou d'adverbe. Cf. *Hist.*, III, 2: *Fortuna in integro est.* L'expression *in promiscuo* se trouve d'ailleurs aussi chez Tite-Live, Sénèque, etc. Cf. 36, note 7.
>
> [9] **Porro**, et en outre, d'autre part.
>
> [10] **Regia utilitas est** = *regibus utilitati est.* Cf. 13, note 6.
>
> [11] **Cetera**: cf. 17, note 2. — La proposition complétive commençant par *quod* sert d'apposition à *uno*. — *In tantum*, litt., «à un tel degré».

45. Trans Suionas aliud[1] mare, pigrum ac prope immotum, quo cingi claudique terrarum orbem hinc[2] fides, quod extremus cadentis jam solis fulgor in ortum[3] edurat adeo clarus, ut sidera hebetet. Sonum insuper emergentis audiri[4] formasque equorum et radios capitis[5] adspici persuasio adjicit. Illuc usque, et fama vera[6], tantum natura.

Ergo jam[7] dextro Suebici maris littore Æstiorum gentes alluuntur, quibus ritus[8] habitusque Sueborum, lingua Britannicæ propior. Matrem deum venerantur. Insigne[9] superstitionis formas aprorum gestant: id pro armis omnique tutela securum deæ cultorem etiam inter hostes præstat. Rarus ferri, frequens fustium usus. Frumenta ceterosque fructus patientius quam pro solita Germanorum inertia laborant[10]. Sed et mare scrutantur ac soli omnium sucinum[11], quod ipsi glæsum vocant, inter vada atque in ipso littore legunt. Nec quæ natura quæve ratio gignat[12], ut[13] barbaris, quæsitum compertumve. Diu quin etiam inter cetera ejectamenta maris jacebat, donec luxuria nostra dedit nomen[14]. Ipsis in nullo usu: rude[15] legitur, informe perfertur, pretiumque mirantes accipiunt. Sucum tamen[16] arborum esse intellegas, quia terrena quædam atque etiam volucria animalia plerumque interlucent, quæ implicata humore mox durescente materia clauduntur. Fecundiora igitur nemora lucosque sicut Orientis secretis[17], ubi tura balsamaque sudantur, ita Occidentis insulis terrisque inesse crediderim, quæ vicini solis radiis expressa atque liquentia in proximum mare labuntur ac vi tempestatum in adversa littora exundant. Si naturam[18] sucini admoto igne tentes, in modum tædæ accenditur alitque flammam pinguem et olentem; mox ut in picem resinamve lentescit.

> [1] **Aliud**, par opposition à l'Océan dont Tacite a parlé plus haut. — *Pigrum*. On ne sait pas au juste quelle mer est désignée ici. Les uns

veulent reconnaître l'Océan glacial, dont des géographes grecs plus anciens que Tacite parlent déjà; d'autres, seulement le golfe qui sépare au sud la Suède de la Norvège; mais il est plus probable qu'il s'agit de la mer déjà décrite dans l'*Agricola*, 10: *mare pigrum et grave remigantibus*, c.-à-d. l'espace compris entre les Orcades et l'antique Thulé (les îles Shetland).

[2] **Hinc** annonce la prop. complétive commençant par *quod*, et *hinc fides (est)* = *hoc probatur*. À l'époque classique le nombre des locutions formées d'un substantif et de *esse* (*fas est*, *tempus est*, *mos est*) qui se construisent avec l'infinitif est assez restreint, mais à l'époque impériale ces constructions se multiplient; on a: *finis est*, *pudor est*, *amor est*, *fides est*, etc.

[3] **In ortum**, jusqu'au lever du soleil. Cf. 22, note 2.

[4] **Sonum audiri**. Les anciens croyaient que le soleil, plongé dans les eaux comme une masse de fer rouge, surtout à son coucher, faisait entendre des sifflements. JUVÉNAL, *Sat.* 14, 280: *Audiet Herculeo stridentem gurgite solem*.

[5] **Capitis**. Pour les anciens le soleil est un dieu monté sur un char et dont le front rayonne. — *Persuasio*, la croyance, par opp. à ce qui est prouvé par des faits (*fides*).

[6] **Et fama vera**, et ce qu'on raconte est vrai. Ici Tacite accepte la responsabilité de l'assertion, parce que son beau-père Agricola lui a fourni à ce sujet des renseignements précis. On sait d'ailleurs que Tacite confond le nord de la Scandinavie avec celui de la Grande-Bretagne. Cf. note 1. — *Natura tantum*, le monde ne s'étend pas plus loin.

[7] **Ergo jam**. Comme le monde finit en cet endroit, Tacite revient *donc maintenant* en arrière. — *Mare Suebicum*: cf. lexique.

[8] **Ritus habitusque**, la manière de vivre et l'extérieur.

[9] **Insigne**: cf. 38, note 3. — *Formas aprorum*: sans doute des statuettes de bois que l'on portait sur soi comme des amulettes.

[10] **Frumenta laborant**. L'accusatif avec *laborare* est poétique. Cf. *vallare noctem*, au ch. 30. — *Patientius quam pro*. Le comparatif ainsi construit indique la disproportion entre deux termes (*Gr. lat.*, 335). Traduisez: avec plus de patience qu'on n'en attendrait de la paresse habituelle des Germains.

[11] **Sucinum**, le succin ou ambre jaune, que les Grecs appelaient ἤλεκτρον. — *Glæsum*: on peut rapprocher ce mot de l'allemand *Glas*, corps transparent, verre.

[12] **Quæ natura** *(sit) quæve ratio gignat*, quelle est sa nature et quel est son mode de production. Cf. note 18.

[13] **Ut**: cf. 2, note 15. — *Barbaris*: datif complément d'un verbe passif (cf. 16, note 1) en apposition à *iis* sous-entendu.

[14] **Dedit nomen**, lui fit une réputation, le mit à la mode.

[15] **Rude**, brut, *informe*, sans être travaillé. — *Pretium mirantes accipiunt*. C'est dans les traits de ce genre que se révèle le grand peintre que nous admirons en Tacite: un seul mot nous montre ici l'étonnement qui saisit le Barbare à son premier contact avec une civilisation qu'il ne comprend pas.

[16] **Tamen**, cependant, c.-à-d. quoique ceux qui le recueillent ne puissent fournir aucun renseignement sur sa nature. — *Volucria animalia*. André Chénier dit en parlant de l'ambre (*Poème sur l'invention*, v. 248): «Tombe odorante où vit l'insecte volatile.» — *Plerumque*, souvent. Cf. 13, note 12.

[17] **Orientis secretis** (s.-e. *inesse credo*), dans les pays les plus reculés de l'Orient. — *Crediderim*, je serais porté à croire. Cf. 2, note 2. — *Quæ*, des matières qui.

[18] **Naturam**: cf. note 12. — *Mox*, puis. Cf. 10, note 4. — *Ut in picem resinamve*, en formant une sorte de poix ou de résine. *In* marque le résultat. Cf. 23, note 2.

---

46. Hic Suebiæ finis. Peucinorum Venedorumque et Fennorum nationes Germanis an Sarmatis adscribam dubito, quanquam Peucini, quos quidam Bastarnas vocant, sermone, cultu, sede ac domiciliis[1] ut Germani agunt: sordes omnium[2] ac torpor. Conubiis mixtis[3] nonnihil in Sarmatarum habitum fœdantur. Venedi multum ex moribus[4] traxerunt; nam quicquid inter Peucinos Fennosque silvarum ac montium erigitur latrociniis pererrant. Hi tamen inter Germanos potius referuntur, quia et domos figunt[5] et scuta gestant et pedum usu ac pernicitate gaudent: quæ omnia diversa Sarmatis sunt in plaustro equoque viventibus. Fennis mira feritas, fœda paupertas: non arma, non equi, non penates[6]; victui herba, vestitui pelles, cubile humus. Solæ in sagittis spes, quas inopia ferri ossibus asperant[7]. Idemque venatus viros pariter ac feminas alit: passim[8] enim comitantur partemque prædæ petunt. Nec aliud infantibus ferarum imbriumque suffugium[9] quam ut in aliquo ramorum nexu contegantur. Huc redeunt juvenes, hoc senum receptaculum. Sed beatius arbitrantur quam ingemere agris[10], illaborare domibus, suas alienasque fortunas spe metuque versare: securi adversus homines, securi adversus deos, rem difficillimam assecuti sunt, ut illis ne voto quidem opus esset[11].

Cetera jam fabulosa: Hellusios et Oxionas ora hominum vultusque, corpora atque artus ferarum[12] gerere. Quod ego ut incompertum in medio relinquam.

[1] **Sede ac domiciliis**, par la manière dont ils forment leurs agglomérations et disposent leurs demeures. — *Agunt*, vivent. Cf. 17, note 2.

[2] **Omnium** (*est*), se rencontre chez tous.

[3] **Conubiis mixtis**, par les mariages qu'ils contractent avec les Sarmates. — *In* ici encore marque le résultat. Cf. 45, note 18.

[4] **Ex moribus** (*Sarmatarum*) s'oppose à *habitum*, l'extérieur, et *multum* à *nonnihil*.

[5] **Domos figunt**, ils ont des demeures fixes. — *Pedum usu*, la marche. Les Sarmates au contraire étaient nomades et passaient leur vie à cheval ou dans des chariots.

[6] **Non penates**, pas d'intérieur, pas de maisons, soit fixes comme celles des Vénèdes, soit roulantes comme celles des Sarmates. Cf. 15, note 3.

[7] **Ossibus asperare**, litt., rendre pointu avec des os, c.-à-d. armer d'os pointus.

[8] **Passim**, partout. Cf. 41, note 5.

[9] **Imbrium suffugium**, refuge contre la pluie. Cf. 16, note 10.

[10] **Agris**: datif. — *Illaborare domibus*, peiner en construisant des maisons.

[11] L'influence de la rhétorique et la recherche de l'effet sont visibles dans tout ce passage.

[12] **Artus ferarum**. Il est probable que ceux dont Tacite tient directement ou indirectement ces renseignements ont été trompés par l'extérieur de ces hommes du Nord qui se vêtaient entièrement des peaux de divers animaux.

LEXIQUE DES NOMS PROPRES

A

Abnoba mons, 1, le mont Abnoba, dans la Forêt Noire. Il s'appelle encore aujourd'hui *Abenauer Gebirge*.

Æstii, 45, les Æstiens, sur la côte orientale de la Baltique. Ce sont les ancêtres des Lithuaniens et des Prussiens.

Africa, 2.

Agrippinenses, 28, les habitants de Cologne (*Colonia agrippinensis*). C'est le nom que prirent les Ubiens après qu'Agrippine, fille de Germanicus et femme de Claude, eut établi chez eux une colonie.

Albis, 41, l'Elbe, fleuve de Germanie qui se jette dans la mer du Nord.

Albruna, 8, Albruna, prophétesse des Germains.

Alci, 43, les *Alci*, nom de deux dieux honorés par les Naharvales; Tacite les assimile à Castor et Pollux.

Alpes Ræticæ, 1, les Alpes Rhétiques, ainsi nommées à cause de la province romaine de Rhétie; elles commencent au Saint-Gothard.

Anglii, 40, les Angles ou Angliens, peuplade germanique qui occupait probablement une partie du Sleswig-Holstein.

Angrivarii, 33, 34, les Angrivariens, qui habitaient sur les bords du Weser, au nord des Chamaves et des Chérusques.

Aravisci, 28, les Aravisques, peuplade de Pannonie, sur la rive droite du Danube.

Arsaces, 37, Arsace, fondateur du royaume des Parthes (256).

Asciburgium, 3, Asburg ou Asberg, près du confluent de la Ruhr avec le Rhin.

Asia, 2.

Aviones, 40, les Aviones, qui habitaient probablement les îles qui se trouvent à l'ouest du Sleswig-Holstein.

B

Bastarnæ, 46, les Bastarnes, peuplade germanique. Les auteurs anciens donnent ce nom, les uns à des Gaulois du Danube, d'autres à des Gètes, d'autres enfin à des Scythes; voyez au mot *Peucini*.

Batavi, 29, les Bataves; ils appartenaient d'abord à la nation des Chattes. Ils occupèrent plus tard l'île formée par le Rhin et le Wahal.

Boihæmum, 28, la Bohême, du nom de ses premiers habitants les Boïens.

Boii, 28, 42, les Boïens, qui appartenaient à la race celtique. Ils occupaient la Bohême et une partie de la Bavière.

Britannica lingua, 45, la langue celtique parlée dans la Grande-Bretagne.

Bructeri, 33, les Bructères, qui habitaient le bassin de la Lippe jusqu'à l'Ems; ils se divisaient en *Bructeri majores* et *minores*.

Buri, 43, les Bures, peuplade de la nation des Suèves, qui habitait vers les sources de l'Oder et du Waag.

C

Cæcilius Metellus, 37, collègue de Papirius Carbon, fut consul avec lui en 113 avant J.-C.

Cæsar, 37, l'empereur Auguste.

Carbo, 37, le consul Cneius Papirius Carbon qui fut battu par les Cimbres en 113 avant J.-C., non loin de Noreia en Carinthie, vers les sources de la Drave.

Cassius, 37, le consul L. Cassius Longinus, battu en 107 avant J.-C. dans le pays des Allobroges.

Castor Polluxque, 43, Castor et Pollux, les deux fils de Léda, que Tacite identifie avec les dieux *Alci* des Naharvales.

Chamavi, 33, 34, les Chamaves. Ils habitaient près de l'Yssel et du Zuiderzée.

Chasuarii, 34, les Chasuares, qui habitaient entre le Weser et la Haase.

Chatti, 29, 30, 31, 35, 36, 38, les Chattes, peuplade germanique. Ils habitaient dans le pays des Hessois d'aujourd'hui.

Chauci, 35, 36, les Chauques. Ils habitaient le bassin du bas Weser jusqu'à l'Ems d'un côté et de l'autre jusqu'à l'Elbe.

Cherusci, 36, les Chérusques. Ils habitaient entre le cours supérieur du Weser et l'Elbe au nord-est des Chattes.

Cimbri, 37, les Cimbres, peuplade probablement germanique qui occupait à l'époque de Tacite une partie de la presqu'île danoise: Κιμβρικὴ χερσόνησος.

Cotini, 43, les Cotins, peuplade de race celtique qui habitait au nord de la Hongrie, entre les sources de l'Oder et de la Vistule.

Crassus, 37. Crassus fit partie du triumvirat avec César et Pompée. Il fut vaincu et tué en 53 avant J.-C. dans une bataille contre les Parthes.

D

Daci, 1. Les Daces, peuplade des Thraces, habitaient les contrées appelées aujourd'hui Moldavie, Roumanie, Valachie, et le sud-est de la Hongrie.

Danuvius, 1, 29, 41, 42, le Danube, fleuve. Dans son cours inférieur il s'appelle aussi Ister (Ἴστρος).

Decumates agri, 29, les champs Décumates, territoire qui se trouvait dans l'angle formé par les cours supérieurs du Danube et du Rhin.

Drusus, 34, 37, Drusus Néron Germanicus, frère de Tibère, fit une expédition contre les Germains 12–9 avant J.-C.; de là son surnom de Germanicus.

Dulgubnii, 34, les Dulgubniens, peuplade de race germanique qui habitait entre les Langobards et les Chérusques, sur les bords de l'Aller (*Alara*).

E

Eudoses, 40, les Eudoses, qui appartenaient à la nation des Suèves. Ils habitaient le Jutland.

F

Fenni, 46, les Finnois d'aujourd'hui. Ils habitaient le nord de la Scandinavie.

Fosi, 36, les Foses. Ils habitaient au sud de l'Aller (*Alara*). C'est peut-être leur nom qu'on retrouve dans *Fosa*, petite rivière affluent de l'Aller.

Frisii, 34, 35, les Frisons. Ils habitaient autour du lac Flevo, depuis l'embouchure du Rhin jusqu'à l'Ems.

G

Gaius Cæsar, 37, l'empereur Caligula (37 à 41 après J.-C.). Après un semblant d'expédition en Germanie, il fit déguiser des Gaulois en Germains pour les faire servir à son triomphe.

Gallia, 5, 27, 37, la Gaule. Elle est nommée aussi *Galliæ* parce qu'elle se divisait en trois parties.

Gambrivii, 2, les Gambriviens, nation germanique, d'ailleurs inconnue. Ils habitaient probablement les bords de la Ruhr.

Germani, 2, 16, 27, 30, 31, 35, 37, 41, 43, 44, 45, 46, les Germains. Le sens étymologique de ce mot est contesté. On le fait signifier tantôt homme de guerre (*War*, guerre; *Mann*, homme), tantôt *voisins*. On prétend aussi y voir l'équivalent de βοὴν ἀγαθοί (celtique *garm*, cri).

Germania, 1, 2, 5, 27, 28, 29, 30, 37, 38, 42, la Germanie.

Germanicus, 34, 37. Germanicus, fils de Drusus, combattit les Germains de 14 à 16 après J.-C. et vengea le massacre des légions de Varus.

Gotones, 43, peuple de race germanique qui habitait les bords de la Vistule inférieure jusqu'au Pregel.

H

Harii, 43, les Hariens, qui habitaient entre les cours supérieurs de l'Oder et de la Vistule.

Hellusii, 46, les Hellusiens, peuple fabuleux qui selon Tacite habitait le nord-est de l'Europe.

Helvecones, 43, les Helvecones, dont le nom s'écrit aussi *Helvæones*, peuplade des Suèves qui habitait à l'ouest du cours inférieur de la Vistule.

Helvetii, 28, les Helvètes. Selon Tacite ils étaient d'origine celtique et avaient été chassés de leur pays par les Hermondures. César les trouva établis en Suisse.

Helysii, 43, les Helysiens, peuplade des Suèves qui habitaient entre les cours supérieurs de l'Oder et de la Vistule.

Hercules, 3, 9, 34, Hercule. Il semble que cette appellation gréco-romaine désigne le dieu *Thor*, qui portait lui aussi une massue.

Hercynia silva, 28, la forêt Hercynienne, appelée aussi *Hercynius saltus*, ch. 30, et par Aristote Ἀρκύνια ὄρη, chaîne de montagnes boisées qui comprenait la Forêt Noire, le Thuringer Wald, le Fichtelgebirge, les monts de Bohême et les autres chaînes qui traversent le sud de l'Allemagne.

Herminones, 2, les Herminones, nom commun à toutes les peuplades du centre de la Germanie.

Hermunduri, 41, 42, les Hermondures, peuplade germanique qui occupait la région du Jura Franconien, entre le Danube, le Mein et les sources de la Saale.

Hispanæ, 37, les Espagnes, ainsi nommées parce que l'Espagne se divisait en *citerior* (au nord) et *ulterior* (au sud).

I

Ingævones, 2, les Ingévones, nom commun aux peuplades germaniques qui habitaient les côtes de l'Océan.

Isis, 9, Isis, déesse égyptienne, dont Tacite prétend retrouver le culte parmi les Germains; c'est peut-être la divinité germanique *Nehalennia*.

Istævones, 2, les Istévons, nom commun aux peuplades germaniques de la rive droite du Rhin.

Italia, 2, l'Italie.

J

Julius, 28, 37, Jules César, le vainqueur des Gaules, qui avait décrit la Germanie avant Tacite.

L

Laertes, 3, Laerte, père d'Ulysse.

Langobardi, 40, les Langobards, peuplade de la nation des Suèves qui habitait entre l'Elbe et l'Oder.

Lemovii, 43, les Lémoviens, peuplade germanique, d'ailleurs inconnue, qui habitait probablement dans la Poméranie.

Lugii, 43, les Lugiens, nom commun à plusieurs peuplades qui habitaient entre l'Oder et la Vistule dans les pays qui forment aujourd'hui la Pologne, la Silésie et la Gallicie.

M

Manimi, 43, les Manimes, peuplade de la nation des Suèves, qui habitait entre le cours inférieur de la Vistule et de l'Oder.

Manlius, 37, Cn. Manlius ou Mallius, consul en 105 avant J.-C., fut battu par les Cimbres sur les rives du Rhône.

Mannus, 2, Mannus, fils du dieu Tuiston.

Marcomani, 42, 43, les Marcomans (c'est-à-dire habitants des frontières), peuplade germanique qui habita d'abord au sud du Mein et qui chassa ensuite les Boïens de la Bohême.

Marius, 37, Marius, fameux général romain (153–86): il vainquit les Cimbres et les Teutons à *Aquæ Sextiæ* (Aix) en 102 et à Verceil en 101.

Marobuduus, 42, Marobuduus ou Marbod, roi des Marcomans; il fut battu par les Chérusques commandés par Arminius et dut se réfugier chez les Romains.

Mars, 9, Mars, dieu de la guerre chez les Romains; la divinité germanique que Tacite lui assimile est sans doute *Tiu* ou *Ziu*.

Marsi, 2, les Marses, peuple de race germanique qui habitait probablement dans le bassin du Weser.

Marsigni, 43, les Marsignes, peuple de la nation des Suèves qui habitait entre les monts des Géants et l'Oder.

Mattiaci, 29, les Mattiaques. Ils habitaient dans le bassin du Mein, aux environs du Taunus. Les sources qui se trouvent à Wiesbaden au pied du Taunus portaient le nom de *aquæ Mattiacæ* ou *fontes Mattiaci*.

Mercurius, 9, dieu gréco-romain. La divinité germanique que Tacite désigne du nom de Mercure est Wodan ou Odin.

Mœnus, 28, le Mein, affluent du Rhin.

N

Naharvali, 43, les Naharvales, peuplade de la nation des Suèves qui habitait entre l'Oder et la Vistule.

Naristi, 42, les Naristes, peuplade germanique qui habitait entre le Fichtelgebirge et le Danube.

Nemetes, 28, les Nemètes, peuplade germanique qui habitait sur la rive gauche du Rhin, aux environs de Spire.

Nero, 37, Tiberius Claudius Néron, qui fut depuis l'empereur Tibère. Il fit contre les Germains plusieurs expéditions dont la dernière eut lieu en 11 après J.-C.

Nerthus, 40, la déesse Nerthus que Tacite assimile à la *Terra Mater*.

Nervii, 28, les Nerviens, peuplade d'origine probablement gauloise, mais qui se disait de race germanique. Ils habitaient entre l'Escaut et la Meuse.

Noricum, 5, province du Norique, entre le Danube et les Alpes Carniques.

Nuithones, 40, les Nuithons, peuplade de la nation des Suèves qui habitait probablement à l'est de l'Elbe, au sud de la presqu'île Cimbrique.

O

Oceanus, 1, 2, 3, 17, 34, 37, 40, 43, 44, l'océan. Dans la *Germanie*, *oceanus septentrionalis* désigne tantôt la mer du Nord, tantôt la Baltique. *Oceanus exterior*, la partie orientale de la Baltique que Tacite suppose prolongée au delà de la Scandinavie que les anciens prenaient pour une île.

Osi, 28, 43, les Oses, peuplade que Tacite semble rattacher aux Pannoniens. Ils habitaient au sud-est des sources de la Vistule.

Oxiones, 46, les Oxions, peuple fabuleux du nord-est de l'Europe.

P

Pacorus, 37, Pacorus, fils d'Orodès, roi des Perses. Ayant pris parti pour les meurtriers de César, il battit le lieutenant d'Antoine en 40 avant J.-C., mais il fut vaincu et tué l'année suivante par Ventidius.

Pannonia, 5, 28, la Pannonie, qui s'étendait entre la province de Norique à l'ouest, la Save au sud, le Danube au nord et à l'est.

Pannonii, 1, les Pannoniens, habitants de la Pannonie; ceux du nord paraissent avoir été de race celtique; ceux des bords de la Save qui étaient les vrais Pannoniens appartenaient à la race illyrienne.

Parthi, 17, 37, les Parthes, peuple d'origine indo-européenne; leur empire, fondé par Arsace au IIIe siècle avant J.-C., s'étendit à l'ouest jusqu'à l'Euphrate; ils furent souvent en lutte avec les Romains.

Peucini, 46, les Peucins. On désignait sous ce nom une peuplade de Bastarnes qui habitait à l'embouchure du Danube une île appelée Πεύκη.

Pœni, 37, les Carthaginois.

Pollux, 43, voyez au mot *Castor*.

Ponticum mare, 4, le Pont-Euxin ou mer Noire, dans laquelle se jette le Danube.

Q

Quadi, 42, 43, les Quades, peuplade germanique qui habitait dans la Moravie en s'étendant vers le sud jusqu'au Danube.

R

Ræti, 1, les Rhètes, habitants de la Rhétie, spécialement sur les deux versants des Alpes dites Rhétiques.

Ræetia, 3, 41, la Rhétie, réduite en province romaine sous Auguste (15 avant J.-C.); elle comprenait le Tyrol, la Bavière au sud du Danube et à l'est du Leck.

Reudigni, 40, les Reudignes, peuplade germanique qui habitait à l'est de l'embouchure de l'Elbe.

Rhenus, 1, 2, 3, 28, 29, 34, 41, le Rhin, qui bornait la Germanie à l'ouest.

Rugii, 43, les Rugiens, peuplade germanique qui occupait la Poméranie à l'est de l'embouchure de l'Oder.

S

Samnis, 37, le Samnite, c'est-à-dire les Samnites qui luttèrent contre les Romains de 343 à 290 et leur infligèrent l'humiliation des Fourches Caudines.

Sarmatæ, 1, 17, 43, 46, les Sarmates, nation slave qui habitait à l'est de la Vistule, peut-être jusqu'au Volga. Ils étaient encore moins connus des Romains que les Germains.

Scaurus Aurelius, 37, général romain qui, envoyé comme lieutenant consulaire contre les Cimbres, fut battu et tué par eux sur les rives du Rhône.

Semnones, 39, les Semnons, peuplade germanique qui habitait entre l'Elbe et l'Oder dans le bassin de la Sprée.

Servilius Cæpio, 37, proconsul romain qui fut battu par les Cimbres près d'Orange en 105 avant J.-C.

Sitones, 44, 45, les Sitones qui habitaient en Suède sur les côtes du golfe de Botnie.

Suardones, 40, les Suardons, peuplade de la nation des Suèves qui habitait entre l'Elbe et l'Oder, dans le Mecklembourg.

Suebi, 2, 9, 38, 45, les Suèves, peuple de race germanique. Ils habitaient un vaste territoire dont les limites sont mal connues, probablement entre le Danube, l'Elbe, l'Oder et la Baltique (*mare suebicum*).

Suebia, 43, 46, la Suévie, pays des Suèves; voir au mot précédent.

Suebicum mare, 45, la mer des Suèves, c'est-à-dire la Baltique.

Suiones, 44, 45, les Suiones, peuplade germanique qui habitait le sud de la Scandinavie et peut-être les îles de l'embouchure de l'Oder. Ce sont probablement les ancêtres des Suédois.

T

Tencteri, 32, 38, le Tenctères, peuplade germanique qui habitait sur la rive droite du Rhin, entre la Ruhr et la Lahn.

Trajanus, 37, Trajan, empereur romain contemporain de Tacite, qui régna de 98 à 117 ap. J.-C.

Treveri, 28, les Trévires, qui habitaient sur les deux rives de la Moselle; leur nom est resté à la ville de Trèves (*Augusta Treverorum*). Le fond de la population était probablement celtique, mais absorbé par des conquérants germains.

Triboci, 28, les Triboques, peuplade germanique qui habitait sur la rive gauche du Rhin, dans les Vosges, jusqu'à Strasbourg.

Tuder, 42, Tuder, roi des Quades ou des Marcomans, d'ailleurs inconnu.

Tuiston, 2, divinité germanique que les Germains reconnaissaient pour leur ancêtre (cf. *Tuisto* et *Deutsch*).

Tungri, 2, les Tongres, peuplade germanique qui habitait sur la rive gauche de la Meuse autour de la ville de Tongres.

U

Ubii, 28, les Ubiens, peuplade germanique. Ils habitèrent d'abord sur la rive droite du Rhin, Agrippa les fit passer sur la rive gauche. Leur ville (*oppidum*

Ubiorum) fut appelée *Colonia Agrippinensis* (Cologne) lorsque Agrippine, femme de l'empereur Claude, y eut fondé une colonie romaine.

Ulysses, 3, Ulysse, qui, après la guerre de Troie, avait, selon la légende, abordé dans bien des pays et peut-être en Germanie.

Usipi, 32, les Usipes, peuplade germanique qui occupait la rive droite du Rhin, au nord de la Ruhr.

V

Vandilii ou **Vandalii**, 2, les Vandales, peuplade germanique qui habitait au nord-est de la Germanie entre l'Oder et la Vistule. Ils changèrent d'ailleurs plusieurs fois de séjour.

Vangiones, 28, les Vangions, peuplade germanique qui occupait la vallée du Rhin autour de Worms.

Varini, 40, les Varins, peuplade germanique de la famille des Suèves qui occupait le nord du Sleswig et le sud du Jutland.

Varus, 37, Quintilius Varus, général romain, lieutenant de l'empereur Auguste, qui fut battu par Arminius et massacré avec ses légions dans la forêt de Teutberg (Teutoburgerwald) en l'an 9 après J.-C.

Veleda, 8, fameuse prophétesse de la nation des Bructères. Elle prit part à la révolte de Civilis et des Bataves; plus tard elle fut amenée à Rome pour orner un triomphe.

Venedi, 46, les Venèdes, peuple slave qui habitait à l'est du cours inférieur de la Vistule.

Ventidius, 37, P. Ventidius Bassus, lieutenant d'Antoine qui vainquit et tua Pacorus, roi des Parthes. Voyez le Commentaire.

Vespasianus, 8, Vespasien, empereur romain de 69 à 79, le premier des Flaviens.

Milton Keynes UK
Ingram Content Group UK Ltd.
UKHW030912151124
451262UK00006B/811